KB171636

당신은 친구들과 여행을 떠나본 적이 있습니까?

발 행 일	2019년 4월 17일
저자 / 디자인	박 성 현
펴 낸 곳	주식회사 부크크
펴 낸 이	한 건 희
출판사 등록	2014년 7월 5일(제2014-16호)
출판사 주소	경기도 부천시 원미구 춘의동 202 춘의테크노파크2단지 202동 1306호
출판사 전화	1670-8316
출판사 이메일	info@bookk.com
작가 이메일	sunghyun_jason@icloud.com
I S B N	979-11-272-6980-7

[내지 폰트 설명]

*이 책에서 사용된 'KoPub돋움체, KoPub바탕체'의
지적재산권은 '문화체육관광부', '한국출판인회'에 있으며
'한국출판인회(http://www.kopus.org)'에서 다운로드받아 사용되었습니다.

* 이 책에서 사용된 'tvn즐거운이야기체''의
지적재산권은 '씨제이이앤엠(주)'에 있으며
'씨제이이앤엠(주)(http://tvn10festival.tving.com/playground/tvn10font)'에서
다운로드받아 사용되었습니다.

* 이 책에서 사용된 '나눔손글씨펜체, 나눔손글씨붓체''의
지적재산권은 '네이버(주)'와 '(재)네이버문화재단'에게 있으며
'한글한글 아름답게 (https://hangeul.naver.com/2017/nanum)'에서
다운로드받아 사용되었습니다.

당신은 친구들과 여행을
떠나본 적이 있습니까?

<아름다웠던 그 순간, 나는 그들과 있었다.>

목차

여행을 시작하자

항상 무언가를 함께한다는 것에 대한 고민이 많았다. 세상은 사람들과 함께 한다는 이유로 존재한다지만, 나에게는 그것은 그저 쓸데없는 의견이었다. 과연, 함께한다는 것은 어떠한 의미를 지닌 것인가. 왜 사람들은 발을 맞추어 걸으려고 하는 것일까. 참, 궁금했다. 처음 친구라는 것을 사귈 때도 그랬다. 처음에는 나에게 도움이 되지 않는 친구는 사귀지 않았다. 그저 집을 같이 다닐 친구를 원했고, 나를 외롭게 하지 않을 친구가 필요했다. 나의 모든 행동에는 의도가 들어있었다.

언젠가, 어쩌다 잠시 걸음을 멈춰 내 주변의 사람들에 대해 생각을 해본 적이 있다. 그때 느낀 것은 대부분의 사람이 그저 일회성의 인간관계라는 것이었다. 그렇다. 친하다는 단어를 쓰기에는 부적절해 보이는 친구들이 많았다. 외롭지 않으려고 사귀었는데, 결국에는 그랬다. 너무나 애매모호한 관계로만 남아있었다. 10년을 알고 지냈다고 해도, 그저 그에게서는 온갖 왜 만나는지에 대한 의도로만 가득 차 있었다. 그래서 항상 누군가를 고파왔다. 나를 진정으로 감싸줄 사람, 내가 왜 만나는지 몰라도 좋을 사람을 원했다. 그러다가 여행을 떠났다. 10년을 알고 지냈다는 친구들과 함께.

친구들과 여행을 떠나는 것이 처음이었다. 매우 무서웠다. 처음에는 낯선 이들과 여행을 한다는 생각이 들었다. 그러다 시간이 좀 지나고는 그냥 오래 알고 지내던 지인들과 여행을 하는 것 같았다. 그렇게 내 여행은 시작되었다. 그런데 여행을 하면서, 나는 내가 찾던 이들이 이미 내 곁에서는 있었다는 것을 알게 되었다. 세월이라는 길을 걸어가면서, 나는 그들을 아무런 이유도 없이 그리고 무엇을 얻어야 한다는 생각도 없이 그들을 만나고 있었다는 것을 깨달았다. 나는 이제까지 그들을 만나는 것에 그저 같잖은 핑계만 대고 있었다. 이미 나는 그들에게 충분히 기대고, 그들로 인해 성장하고 있는데도. 그것을 깨우친 순간, 이번 여행이 처음 특별하게 느껴졌다.

그 이후로도 나는 그들과 함께하며 느낀 감정들을 쉽게 잊지 못했다. 여행을 다녀오고 나서, 며칠은 그 복잡한 감정에서 헤어나오지 못했다. 그리고 그 순간이 하나의 선물처럼 느껴진 그 순간, 나는 이 책을 내자고 결심을 했다. 처음이지만, 깨작거려보자고 생각했다. 나는 내 이야기를 솔직하게 써보려고 했다. 없는 글솜씨지만 때로는 조금 투박하게, 아니면 조금 더 부드럽게 글을 써 내려갔다. 그렇게 나는 내 감정들을 한 자 한 자에 꾹 눌러 넣으려고 했다.

나는 아직 10년 전, 그들이 나에게 왔을 때를 나는 잊지 않고 있다. 그들과 어떠한 나날들을 보냈는지 기억한다. 어렸을 적에 친구들이 우리 집에 놀러 왔던 기억들도, 그때 우리가 어떠한 나날들을 보낸 지도 기억한다. 우리는 많이 싸웠지만, 그만큼 성장을 했고 또 아름다운 추억을 만들었다. 그리고 2018년 12월, 나는 또 성장했다. 그들 덕분에.

2019년, 꽃이 떨어질 쯤에

저자 박 성 현 올림

믿지 못했던 것들....

당신은 친구들과 여행을 떠나본 적이 있습니까?

과연 사람을 믿었던 적이 언제였는가? 사실 이 이야기가 시작되기 전까지 나는 누굴 믿어봤던 적이 없었다. 주변의 몇몇 사람들은 나에게 인생은 믿음으로 산다고, 그래서 다른 이들과 함께하는 삶을 살아야 한다고 말했다. 또 어떤 사람들은 우리가 사는 세상이 점차 삭막해진다고 말하며, 누구든지 믿지 않는 생활을 해야 한다고 했다. 그리고 나는 이 두 개의 갈등 속에서 원래 후자를 믿고 있던 사람이었다. 항상 친구들을 믿는다며 다짐해왔던, 나도 항상 그들을 의심하고 있었다. 그리고는 때때로 '과연 그들에게 나는 어떻게 보일까?' 하는 궁금증이 들었다. 과연 '믿음'이라는 단어를 가지고 서로 친구가 되었지만, 결코 자신을 믿어주지 않는 친구의 모습이 과연 진실한 사람처럼 보였을까?

이 모든 이야기가 시작되던 시기는 고등학교가 거의 끝나던 때였다. 나는 초등학교 때부터 친하게 지내던, 친구들과 같이 여행을 떠나 보기로 약속했다. 하지만 시간이 지나며 우리는 그 약속을 매번 미루었다. 이유는 그저 서로가 바쁘다는 이유였다. 시간이 지날수록 우리는 서로 더 바빠졌고, 우리는 만남과 헤어짐에서 다시 만날 때를 기약하지 못하는 사이가 되었다. 때때로는 연락도 안 되었다. 처음에는 '뭐 어쩌다가 그럴 수 있지' 라는 생각이 들기도 했다. 그러나 몇번의 달력을 끝자락을 보내니, 이제는 이 약속들이 이제는 지켜지기 어렵겠다는 생각이 들기 시작했다. 그럴 때면 그들이, 그들과의 약속들이 참 애석해졌다. 그런데도 연락은 더 뜸해져 일 년에 서로 연락하는 날이 겨우 손가락에 꼽을 정도가 된다면, 또 만약에 우리가 다시 연락하는 것조차도 기약이 없어진다면, 그때는 그들과도 멀어질 시간이 된 것이라는 생각이 들었다. 그래서인지, 그들과 때때로 연락을 할 때 가끔은 어색한 감정이 들기도 했다.

그런 감정이 든 이후 드라마나 소설책을 펼쳐보면, 그저 깨진 그릇은 다시 붙여도 깨진 그릇이라는 말들만이 보였다. 그리고 그 이야기들의 마지막 말은 항상 연인도 그런 존재라고 했다. 한번 틀어져 버린 사랑은 다시 원래대로 돌이킬 수 없다고. 그런 말을 보면 친구라는 것도 그런 것 같았다. 서로가 믿음이라는, 눈에도 보이지 않는 마음 하나만으로 친구라는 인연을 맺었는데. 그렇게 맺었던 인연에 어색이라는 틈이 생기면, 더 쉽게 어긋날 것 같았다. 그리고 지금 나와 그들은 이제 깨질 듯이 아슬아슬 금이 가고 있는 그릇이라는 느낌이 들었다. 근데도 나는 그 그릇을 붙일 방법을 몰라서, 점차 벌어지는 틈을 묵묵히 지켜볼 수밖에 없다는 생각을 했다.

어쩌면 이미 멀어져 있었을 수도 있었다. 몇 년 전, 나는 친구와 아주 크게 싸운 적이 있었다. 그 이유는 서로 연락이 뜸해지면서 몇 년을 연락을 못 하며 생긴 오해 때문이었다. 가끔 그런 때가 있지 않나? 가장 친했다고 했는데, 서로 바쁘다고 연락을 못 하면서 연락이 뜸해지고, 긴 시간이 지나 다시 만났을 때 어색해지는 순간. 딱, 우리가 그랬다. 우리가 모르던 그 시간 동안에 우리는 이미 많이 멀어져 있었고 서로가 달라져 있었다. 그래서인지 우리는 오랜만에 만났다고 이야기를 자주 했지만, 그럴수록 서로에 대한 오해는 깊어졌다. 결국에는 우리는 서로 참기만 하다가 한번 크게 싸웠다. 그리고는 우리는 최후의 해결책으로 서로 반년을 연락을 안 하며 서로의 오해를 풀어나가기로 했다. 그리고 그 계기로 우리는 서로에게 오해가 생기면 솔직하기로 털어놓기로 했다. 서로에게 적어도 믿음을 주기로 약속했었다. 근데 꽤 오랜 날이 지났는데도, 아직 나는 믿겠다고 하면 가끔 의심에 든다. 그게 그를 걱정하는 행동이었던 것인지도 잘 모르겠다. 혹시라도 나에게 받은 아픈 상처가 있는데 숨기고 있는 것이 아닌가, 걱정하는 것을 보면 말이다. 마음에 상처가 많은 만큼 마음이 몸으로 표현된다고 하는데, 항상 무언가 아픈 그를 보면 걱정이 됐다.

나는 그랬다. 항상 걱정이 많았다. 그럴 바에는 빨리 포기하는 게 나을 수도 있었다. 하지만 나는 서로 여행을 가기로 한 약속이 오래 걸릴수록 더 가고 싶은 마음이 커졌다. 그러나 한편으로는 너무 오래 기다리는 시간 동안, 나는 서로의 약속이 그냥 꿈으로 될 것이라는 하나의 생각과 두려움도 커져만 갔다. 그리고 그런 두 개의 갈등 속에서 그저 꿈으로 남기자고 정리를 하려던 때, 우리는 갑자기 여행을 가기로 결정했다. 그리고 우리는 서로가 급하다며 항공권을 끊었다. 아마도 그때 그렇게 헐레벌떡 항공권을 끊은 것을 보면, 우리는 되돌릴 수 없는 사실을 만들고 싶었던 것 같다. 나는 우리가 미뤘던 약속을 이룬 것이 꿈만 같았다. 근데도 동시에 취소가 될 것 같다는 불안에 두려웠다. 그러면서도 항상 어른들은 여행 가서 싸우지 않는 친구가 진짜 친구라고 말하던 말이 머릿속에 스쳐 갔다. 근데 그때마다 이들이 내 친구인지 조금은 못 미더웠다. 근데도 이 여행을 가고픈 이유가 있었다. 이 기회를 통해서 믿음에 대해 확답을 얻을 수 있길 바랬다. 그저, 그들이 내 친구라는 나 자신의 마음을 확인하고 싶었다.

누군가와 여행을 준비하는 법

당신은 친구들과 여행을 떠나본 적이 있습니까?

여행을 많이 다녀봤다고 자신하는 나였지만, 그 곳에서 무엇을 해야 할지는 정하는 것은 매 순간의 고민거리였다. 특히 이번에는 친구와 가기에 더 마음이 복잡했다. 인터넷에 '친구와 여행 가기 전 체크리스트'를 검색하면 이것저것 서로가 의견을 맞춰야 할 것을 알려주었다. 그러나 그곳에 답이 있었던 것은 아니었다. 그저 보통 여행과 같이 여행을 준비한다고 하면 어디를 갈지, 무엇을 할지, 무엇을 먹을지를 정하라고 알려주는 것뿐이었다. 그런데 나는 그런 여행은 하고 싶지 않았다. 그저 관광 같은 여행은 하고 싶지 않았다. 그래서 친구들끼리 지금 무엇을 할지 정하지 말고, 가서 정하자고 의견을 모았다. 그러나 왠지 계획을 만들지 않으니 불안했다. 일단은 친구들에게 무엇은 하고 싶은지 정하기로 했다. 처음은 먹을 것이었다. 하지만 욕심이란 것이 있기는 한 건지, 먹고 싶은 것들도 단지 '망고주스', '딤섬', '에그타르트'라는 세 가지 음식 밖에 나오지 않았다. 며칠 후, 나는 다시 친구들에게 어디를 가고 싶은지 물어봤다. 그때, 친구 한명이 나에게 말했다.

"나 여행이 처음이라서. 너만 믿고 가는 거 알지? 우린 너 따라다닐 거야…."

당신은 친구들과 여행을 떠나본 적이 있습니까?

나는 그냥 얼떨결에 알겠다고 답했다. 나보고 모든 것을 정하라는 것인가? 근데 그 이후로는 내가 어떻게 해야 그들과 즐거운 시간을 보낼지보다, 어떻게 해야 즐거운 여행을 만들 수 있을까 하는 생각이 머릿속을 가득 메웠다. 여행계획을 혼자서 노트에 끄적거려보면, 모두 마음에 안 들었다. 이유는 단지 그들이 좋아할지 몰라서였다. 그럴 때면, 머릿속에서는 나에게 '10년이나 사귄 친구들이라며, 네가 얘네들을 몰라?' 하며 한심하다는 듯이 생각을 하게 만들었다. 어떻게 해야 할지 몰라서 답답했다. 그래도 일단 내 스타일대로 준비를 해보려고 했다. 그들이 안 좋아하면, 그때가 돼서 고쳐 나아가면 되니깐.

그렇게 나는 계속 여행을 준비하고 있었다. 하지만 그런데도 계획을 짤수록 계속 무언가 한구석이 비어있는 느낌이 들었다. 과연 그것은 무엇이었을까? 내가 대체로 많은 것을 준비해서 그런 것일까? 아니면 혹시나 그게 정보인가 하는 고민이 들었다. 그래서 나는 더 많은 정보를 얻기 위해서 매주 주말에는 세종시에 있는 국립세종도서관을 찾았다. 그리고 그곳에서 홍콩에 관련된 모든 책을 읽으며 여행을 준비를 해보았다. 그래도 도서관에서

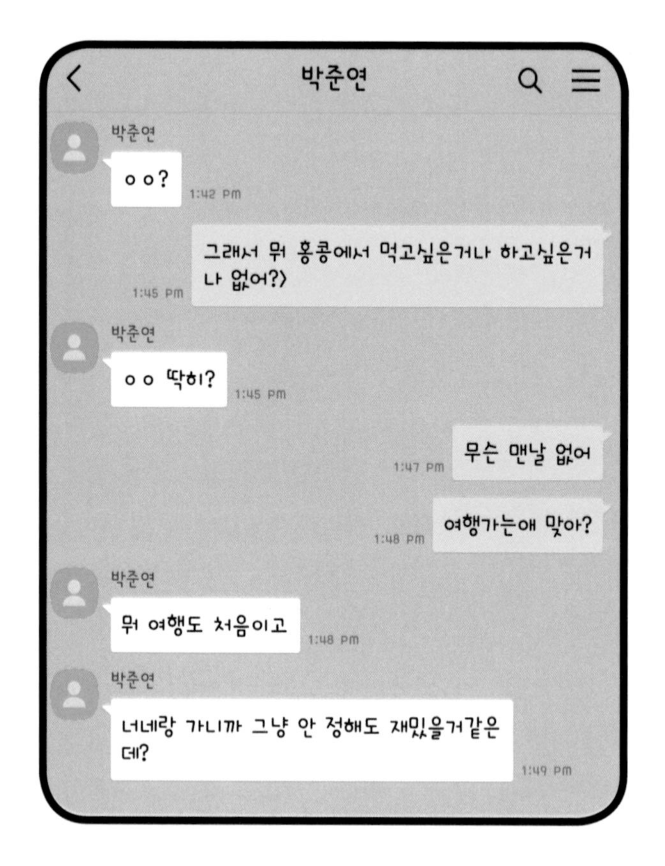
박준연
박준연
ㅇㅇ?
1:42 pm
그래서 뭐 홍콩에서 먹고싶은거나 하고싶은거
나 없어?>
1:45 pm
박준연
ㅇㅇ 딱히?
1:45 pm
무슨 맨날 없어
1:47 pm
여행가는애 맞아?
1:48 pm
박준연
뭐 여행도 처음이고
1:48 pm
박준연
너네랑 가니까 그냥 안 정해도 재밌을거같은
데?
1:49 pm

나올 때마다 마음의 한편은 항상 채워지지 않았다. 무슨 느낌일까? 어떤 것이 부족하기에 매일같이 허전한 것일까? 궁금했다. 그리고 한참을 무엇이 빠졌는지 고민을 하던 찰나, 같이 여행을 가는 친구에게서 한 문자를 받았다.

'너네랑 가니까 그냥 안 정해도 재밌을 것 같은데?'

그 순간, 나는 그 친구의 한마디에서 그 부족함의 원인을 찾을 수 있었다. 그는 나와의 여행, 그 자체가 그냥 즐거울 것이라는 확신을 가지고 있었다. 그런데 나에게는 그런 확신이 없었다. 나는 워낙 친구들과 어딘가를 가지 않는 사람이었기 때문이었을까? 겉으로는 태연한 척을 해도 친구들과 여행을 한다는 것 자체를 너무 낯설어하고 있었다. 그러한 걱정 속에 가끔은 여행을 같이 간다는 사실이 어색하고 살짝 무섭게 느껴질 때도 있었다. 혹시나 친구들과 사이가 안 좋아지면 어떻게 해야 할지 걱정이 들었다. 가끔은 친구라는 그 자체가 살짝 무서울 때도 있었다. 그런데 여행을 준비하면서 친구가 나에게 내던진 '같이 가니까 재미있을 것 같다.'는 그 한 문장의 말은 나에게 깊은 생각을 하게 만들었다. 처음에는 그

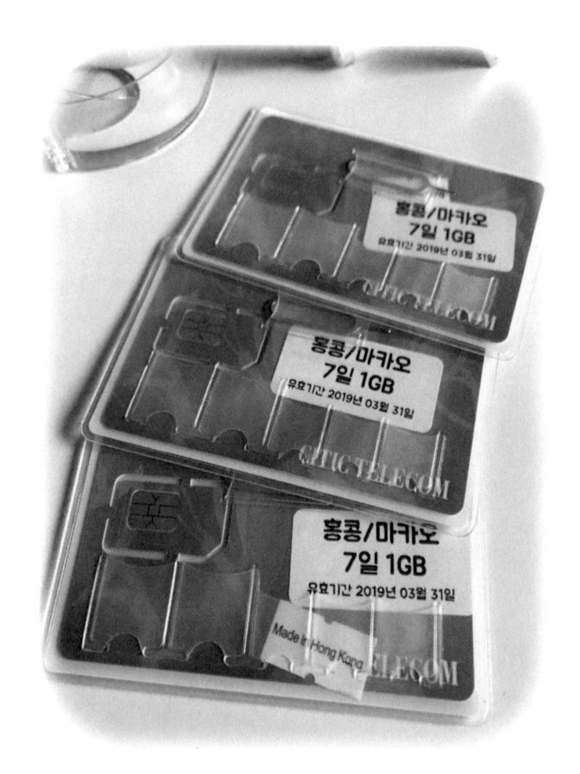

당신은 친구들과 여행을 떠나본 적이 있습니까?

말이 이번 여행에서 내가 무엇을 더 해야 즐거운 여정이 될지 고민하게 했다. 그들이 그저 관광 같은 여행에 기대하고 있다고 생각해서였다. 그런데 그것은 나만의 착각이었다. 내가 해야 하는 것은 그들과의 여행을 준비하는 것이었다. 그리고 그 속에서 내가 준비하지 못했던 것은 그들과의 거리였다. 나는 항상 사람들에게 잘 보이려고만 해서, 이번 여행에서도 어떻게 잘 보여야 할지를 생각하고 있었다. 그런데 여행을 하는 동안에는 내 모습 그 자체를 보여줘야 했기에, 친구들이 그 모습을 보고 멀어질까 봐 걱정했다. 그래서 내가 어떻게 해야 그들에게 더 잘 보일까 고민을 했다. 그들에게 좀 더 다가가고 그저 내 모습 그대로 보여주면 되는 건데. 되려 나는 숨기려 하고 있었다. 그런데 친구의 한마디는 그들에게는 내가 편한데, 나만 그들을 불편하게 여겼다는 것을 알려줬다. 그 이후로 나는 이번 여행에서 친구들에게 조금이라도 벽을 만들지 않기로 마음을 먹었다. 있는 그대로를 보여줘도 그들은 나를 싫어하지 않을 것이라는 믿음을 가져봤다.

그 일이 해결된 뒤, 여행을 준비하면서 가장 많이 생각했던 것은 그들과 재미있게 지내자는 생각을 많이 했던 것 같다. 그런 고민을 하니, 마음의 빈 곳이 많이

당신은 친구들과 여행을 떠나본 적이 있습니까?

채워졌다. 그렇지만 너무 많은 걱정을 했던 때문인가. 그 걱정은 또 다른 고민을 남겨놓았다. 서로에 대해 너무 모르는 것이 많을 수 있겠다는 걱정을 하기 시작했다. 혹시나 서로의 차이로 싸우면 어떻게 해야 할지에 대한 걱정을 했다. 오랜 세월을 같이 친구로 지내왔다고 해도 서로가 몰랐을 부분이 많을 것이 당연한데. 나는 굳이 그 다름에서 마찰이 날 확률을 생각하고 미리 그런 확률이 일어날까 무서워했다. 한번은 너무 걱정돼서 인터넷에 '친구와 여행'이라고 쳐보니 연관 검색에 친구와 여행 갔다가 싸운 것들이 나왔다. 그리고 밤낮으로 그런 남들의 이야기를 읽어나갔다. 그런데 너무 많은 이야기를 읽었다고 생각될 때쯤, 그런 것들이 헛된 걱정이라는 것을 느꼈다. 여정을 떠나기 전에 이러한 걱정을 미리 하는 것은 그들을 불신하는 것이라는 생각을 했다. 그리고 싸우면 오히려 더 그게 잘된 일이 아닌가 싶었다. 어쩌면 그 계기로 그들을 더 잘 이해하게 될 수 있지 않을까 하는 생각이 들었다. 그래서 그냥 여행을 그들과 평소보다 조금 오래 놀기로 한 것이라고 생각했다. 혹시나 그들과 싸우게 되더라도 그저 그들을 이해할 기회라고 생각했다. 그러니 여행을 가기 전까지 마음이 편했다. 오히려 여행을 떠나기 전날에는 그들을 만난다는 마음에 신났다.

그렇게 시작되어버린
한 편의 이야기

당신은 친구들과 여행을 떠나본 적이 있습니까?

무엇을 했다는 것보다 무엇을 한다는 것이 더 중요하다는 말이 있다. 이 문구가 더 친숙하게 들어오는 이유는 아마도 여행이 시작되었기 때문일 것이다. 나에게는 홍콩이란 도시가 친숙하다. 이미 가족과 함께 몇 번 홍콩 여행을 와봤었기 때문이었다. 만약에 내가 이 문구만 남겼다면, 누구든지 다른 곳에 가지 거길 또 가느냐고 말할 것이다. 그렇지만 나는 지금 같은 땅에서 가족과 여행을 하는 것이 아닌 친구와 여행을 하고 있다. 그래서 마치 다른 곳을 온 듯한, 다른 것을 하는 듯한 느낌을 받고 있다. 초등학교에 다니던 시절, 학교에서 수학여행으로 베이징을 갔던 적이 있다. 그때는 학교 선생님들이 같이 갔기 때문인지, 더 넓은 세상에 나온다는 느낌을 못 느꼈다. 그냥 학교 친구들과 간 안전한 여행밖에 되지 않았다. 그리고 그런 느낌은 가족들과 여행을 떠날 때도 똑같았다. 보호자와 함께하는 여행에서 나는 아무런 책임도 지지 않기 때문이었을까. 그래서 많은 것을 보았지만 그 속에서 세계를 탐험한다는 모험심을 느끼지는 못했다. 그런데 지금은 홍콩이라는 언어가 다른 도시로 친구들과 아무런 보호자도 없이 여행을 왔다. 그래서인지 이전에 했던 여행보다, 지금 이곳은 그 무엇보다 더 광활하게 느껴졌다. 이 광활한 도시를 그저 친구들과 누빌 생각을 하니, 여행이

당신은 친구들과 여행을 떠나본 적이 있습니까?

더 기대되기 시작한다. 그렇다, 지금 나는 무엇을 하는 중이다.

저녁 10시, 나와 내 친구, 로운이는 대전역에서 서울역으로 향하는 기차에 몸을 실었다. 평소와 같았으면 집에서 뒹굴뒹굴하고 있을 시간에, 집을 나온 이유는 그들과의 여행을 시작하기 위해서였다. 나는 평소보다 설레는 마음으로 기차에 몸을 실었다. 기차도 내 마음을 아는지 그 설레는 마음을 더 즐기라고 평소보다 느리게 달리는 것 같았다. 하지만 나는 무언가를 더 하고 싶은 마음에, 기차가 더 빨리 갔으면 하는 마음을 바랬다. 그로부터 1시간 후, 기차는 서서히 속도를 줄여나갔다. 조금 뒤 기차가 완전히 멈추었고, 우리는 서둘러 하차를 했다. 기차에서 내리니 기차에서 서울에 사는 또 다른 친구, 준연이가 우리를 기다리고 있었다. 그렇게 여행을 함께 할 자들이 모두 한자리에 모였다. 우리는 서로 잘 지냈는지 안부인사를 하고, 바로 인천공항으로 가는 공항철도를 탑승했다. 그렇게 우리는 여행의 출발지로 서서히 향해갔다.

새벽 1시, 우리는 1시간 10여분을 달려 인천공항 제1 여객터미널에 도착했다. 그 시각은 모든 비행기도

공항도 잠든 시각이었다. 공항 안에는 전날까지 분주했다는 것을 알려주듯, 따듯한 온기만 남아있을 뿐이었다. 무작정 도착한 우리는 5시간을 더 기다려야 한다는 사실에 막막했다. 일단 도착하면 뭔가 시간을 보내며 놀 것이 있을 줄 알았지만, 모든 것이 잠든 곳에는 우리의 기대를 무색하게 했다. 결국, 우리는 서로 핸드폰을 하며 피곤을 이끌고, 피곤함을 견뎌야만 했다. 새벽 4시 15분, 우리는 공항에서 비행기 체크인을 마치고 비행기에 탑승하기 위해 출국 심사를 받으러 들어갔다. 우리는 면세 구역에 들어가서도, 2시간이라는 기나긴 대기를 했다. 오전 6시 20분, 우리는 드디어 비행기에 탑승했다. 그리고 30분이 지났을까, 우리를 태운 HX647편 비행기는 우리의 설레는 마음을 실어 홍콩으로 향했다. 우리는 서로와의 여행, 그리고 홍콩이라는 도시에서 만들 웃음과 소중한 추억에 기대했다.

9시 30분, '쿵' 소리와 함께 비행기의 바퀴가 땅에 닿고 서서히 속도를 줄이고 있었다. 우리는 목적지인 홍콩에 무사히 도착했다는 기쁨에 긴장감이 싹 사라졌다. 그래서 그런지 우리는 모두 정신을 못 차리고, 걸으면서도 멍을 때리는 처지에 이르렀다. 그렇게 우리는 아무런

당신은 친구들과 여행을 떠나본 적이 있습니까?

보호자도 없이 이 낯선 도시에서 지낼, 5일간의 여정에 뛰어들게 된 것이다. 입국 심사를 마치고 수화물을 찾는 동안, 나 또한 아무런 생각이 없었다. 그저 보이는 대로 행동을 했다. 물론, 로운이가 나보고 그 말을 하기 전까지는 말이다. 입국장으로 나온 후, 그가 나에게 물었다.

"우리 호텔은 어떻게 가야 해?"

호텔을 예약한 나로서는 그곳까지 가는 길은 오직 나만 알고 있었다. 그리고 나는 그 말을 듣는 순간, 그들을 인도해야 한다는 생각에 바로 정신을 차렸다. 우리는 바로 '옥토퍼스'라는 교통 카드(홍콩의 '옥토퍼스'는 한국의 '티머니'와 같은 역할을 한다. 하지만 홍콩에서는 많은 상점이 카드 결제기는 안 가지고 있어도 '옥토퍼스'리더기는 가지고 있기 때문에 여행 시 매우 유용하다.)를 사러 갔다. 그리고 우리는 바로 버스정류장으로 향해, 숙소로 가는 N11 번 공항버스에 몸을 실었다. 그래도 공항과 도심을 연결하는 버스여서 조금은 편할 줄 알았는데, 자리가 조금 불편했다. 그 때문인지, 버스가 온몸의 뻐근함과 피곤을 더 만들어 내는 것 같았다. 더군다나 내 옆에 앉은 친구는 덜컹거리는 버스에 잠을 못 자고 힘들어하고

당신은 친구들과 여행을 떠나본 적이 있습니까?

있었다. 또 그가 차멀미까지 있었기에, 나는 더 걱정스러웠다. 혹시나 지금까지 오는 것도 힘들었는데, 더 힘들어 기분이 안 좋아질 것 같았다. 나는 버스가 이동하는 내내 그의 상태를 보았다. 또한 호텔까지의 길을 아는 내가 타자고 했던 버스였기 때문에, 더 미안한 마음이 들었다. 나는 계속 친구들의 상태를 보며, 정신을 차리기 위해 노력했다. 조금 시간이 흘렀을까. 옆의 친구들을 보니 많이 피곤했는지 불편한 자리에도 꾸벅꾸벅 졸고 있었다. 그러다가 버스가 덜컹하는 순간, 옆에 앉아있던 준연이가 깼고 나는 미안한 마음에 입을 열었다.

"많이 불편하지? 그냥 공항철도 탈 걸 그랬다."

"아냐 괜찮아. 근데 성현, 너는 안 피곤해? 너도 많이 지칠 텐데?"

나는 그가 되묻는 말에 조금 당황했다. 미처 예상치 못한 질문이었기 때문이었다. 나는 혹시나 내 힘듦에 친구가 더 힘들어 할 것 같아서, 그냥 괜찮다는 말만 남겼다. 그 이후에도 나는 계속 정거장을 체크하며 우리가 몇 정거장이 남았는지를 보았고, 친구들이 종종 깨서 물어볼 때마다 답을 해주었다. 그렇게 1시간 여정을 달렸

29
106
START ME UP HK
FESTIVAL 2019

을까. 드디어 호텔에 도착했다. 우리는 빨리 쉬고 싶다는 마음에 서둘러 체크인을 한 후 배정된 방에 들어가자마자 침대에 누워 휴식을 취했다. 나도 완전히 긴장을 놓으니 너무 피곤함이 몰려왔다. 하지만 시간은 벌써 오후 1시를 가리키고 있었고, 나는 친구들과 점심이라도 먹자며 밖으로 나왔다. 홍콩이라는 도시에서 우리가 처음으로 할 식사는 Jollibee라는 필리핀 인스턴트 음식이었다. 나는 치킨과 스파게티를 주문했고 로운이는 치킨과 포테이토, 준연이는 치킨텐더 6조각과 포테이토였다. 나는 홍콩에서는 중국 음식 말고 다양한 음식을 먹기를 추천했다. 그 이유는 홍콩이라는 도시는 다국적인 곳이기 때문이다. 아시아의 금융의 흐름을 잡고 있는 홍콩은 전 세계의 많은 나라의 사람들이 이민해 살고 있기에, 다양한 음식을 먹기에는 충분하기 때문이었다. 우리는 간단한 밥을 사서 호텔에 돌아와 먹은 다음, 일단 숙소에서 그냥 쉬었다.

전날 저녁부터 잠을 제대로 못 잤던 것 때문일까, 우리는 눕자마자 바로 잠이 들었다. 그렇게 조금 시간이 지나고, 눈을 떠보니 벌써 시계는 오후 6시를 가리키고 있었다. 우리는 낮잠으로 하루의 오후를 그냥 보내버렸다. 하지만 피곤을 날리고 나니 조금 개운한 감이 들

당신은 친구들과 여행을 떠나본 적이 있습니까?

었다. 우리는 정신을 차리고 서둘러 준비해 저녁을 먹으러 나갔다. 우리는 'Lan Kwai Fong'(홍콩의 'Central'지역에 있는 유흥거리로써 영국식 Pub들이 줄지어 있다.)으로 저녁을 먹으러 갔다. 물론, 저녁이라고 말해도 피자 한 조각과 음료수였지만 말이다. 우리는 저녁을 먹고 슬슬 산책하며 'The Great Food Mall'(Admiralty 역 근처 'Pacific Place'이라는 백화점에 자리를 잡고 있다. 바로 위에는 'Conrad Hong Kong'과 'Island Shangri-La Hong Kong'호텔이 있다.)라는 식음료를 파는 마트로 갔다. 그리고 마트 구경을 하며 다음 날 아침으로 먹을 식빵과 잼을 샀다. 그리고 우리는 트램을 타고 다시 숙소로 돌아왔다. 기나긴 여정에 많은 것을 할 수는 없었지만, 우리는 서로를 챙기며 그렇게 이 낯선 땅에서 첫날을 보낼 수 있었다.

아직 피곤이 다 풀리지는 않았는지 호텔에 돌아와서 침대에 누우니 바로 잠이 들었다. 내일은 무슨 일이 일어날지 꿈에도 모르는 채로 곯아떨어졌다. 하지만 하나는 분명하게 알 것 같았다. 그들과 함께하는 것이 비로소 힘들지 않을 것이라는 확신을 말이다. 사람은 인생을 살면서 동반자들을 필요로 하다고 했다. 인생의 동반자는

新光戲院
JOSEPH

나를 인도하고 함께하는 여정을 통해 나의 길에서 지치지 않게 한다고. 그들이 되어줄 동반자는 내가 걸어갈 길들에 꼭 필요한 이들이라는 것을 믿게 된 것 같다. 내 상태를 걱정해주는, 지칠 나에게 웃음을 줄 그들이 있기에 이 여행을 웃으며 마칠 수 있을 것만 같았다. 하지만 그들이 동반자가 된다고 손 놓지 말아야 할 것이 있었다. 그것은 바로 나 또한 그들의 동반자가 되어야 한다는 것이었다.

괜찮아, 조금 내려놓아도

KFC
KFC
citi

우리는 가끔 세상이라는 곳이 믿을 수 없는 공간이라고 한다. 예전에 몇몇 어른들께 항상 친구의 등을 조심하라는 말, 친구는 내가 어려울 때 나의 곁에 없을 것이라는 말들을 문득 들은 적이 있다. 근데도 또 어떤 이들은 진정한 친구는 내가 위험에 처했을 때 같이 도와준다고 했다. 그래서 한때 친구라는 존재가 어떤 것인지 의심을 한 적이 있다. '과연 그들이 나에게 도움이 되는 사람들일까?'하고. 그런데 오늘 나는 그 의심의 갈림길에서 내가 어느 쪽을 걸어야 할지 알았다. 일단, 그 이야기는 차차 이야기하자. 곧, 둘째 날의 홍콩 이야기가 시작되려고 한다.

홍콩에 도착한 후의 둘째 날이 밝았다. 오늘 가장 먼저 일어난 이는 바로 나였다. 내가 가장 먼저 잔 이유였을까. 그냥 오늘따라 눈이 그냥 일찍 떠졌다. 옆에 누워있는 친구들을 보니 내가 친구와 여행을 왔다는 것이 새삼스레 느껴졌다. 그리고는 나는 오늘 하루 무엇을 할까 곰곰이 생각을 해봤다. 어젯밤 친구들과 이야기하면서 오늘 마침 일 년에 두 번밖에 안 열린다는 스탠리 크리스마스 마켓(스탠리플라자 광장에서 열리는 프리마켓으로 작지만 화려한 크리스마스 시즌 프리마켓이다.)이 열린다

는 소식에 함께 가보기로 했다. 근데…. 그전에는 무엇을 할까 대책이 없었다. 피곤한 듯 옆에서 너무도 깊게 자는 친구들을 보니 차마 빨리 놀러 나가자고 깨우고 보채기가 어려웠다. 먼저, 나는 그들이 일어나기 전에 먼저 샤워를 하고 조금의 짐을 정리했다. 짐을 정리하고 가져온 발포 비타민을 타서 마시려고 준비하니 로운이가 일어났다. 그리고는 나보고 피식 웃으며 말을 내뱉었다.

"뭐하냐?"
"일어났어? 좋은 아침이네."

그의 물음에 기분이 좋아졌다. 나는 그때 오늘의 해가 떴다는 것을 느낄 수 있었다. 아침에 나의 일상에 그렇게 웃어주는 사람이 오랜만이었기 때문이었을까? 좀 새로웠다. 그리고 한참이 흘렀을까, 마지막까지 자고 있던 준연이가 일어났다. 우리는 그제야 오늘 무엇을 할지 고민을 할 수 있었다. 뭐, 우리는 거의 일어나자마자 오늘을 쇼핑 데이로 정했다. 우리가 향하는 곳이 대부분 마켓 아니면 상점이었기 때문이었다. 우리는 얼른 오늘의 여정을 떠날 채비를 했다. 그래도 준비를 다 하니 11시 무렵에 호텔에서 출발했다. 우리는 첫 목적지로 'Tamar

당신은 친구들과 여행을 떠나본 적이 있습니까?

Park'(홍콩 'Central'의 페리를 타는 선착장 근처에 있는 공원이다. 부두를 따라 컨벤션센터 방향으로 걷다 보면 나온다.)라는 공원을 갔다. 주룽반도의 풍경을 바라보기에 딱 적합한 곳이 이곳이라 생각했다. 항상 느끼는 것인데 'Central'에 위치한 이 공원은 사실 Admiralty 역과 더 가깝다는 걸 또 느꼈다. 우리는 풍경을 바라보며 산책을 하고 선착장으로 향했다. 바다를 가로질러 주룽반도로 향하기 위해서였다. 우리는 페리를 10여분을 타고 우리가 바라보았던 주룽반도에 도착했다. 그리고 처음으로 향한 곳은 '1881 Heritage'였다. 홍콩의 옛 경찰청의 자리를 보존하여 만든 백화점은 화려했고 단지 몇 개 의 상점이 자리했지만, 상점이 아니라 건물의 아름다운 자태를 보기에 적합한 장소였다. 우리는 서로 하나의 역사를 다른 방향으로 보존하는 것을 보고 놀랐다. 다 둘러본 우리는 백화점에서 나와 Tim Sha Tui역으로 갔다.

우리는 지하철을 타고 Mong Kok역으로 향했다. 'Xiaomi'매장을 가기 위해서였다. 친구들은 그곳에서 보조배터리와 이어폰을 샀다. 우리는 구매를 완료한 후 다시 'Central'로 향했다. 생각해보면 그것을 사기 위해 그 멀리까지 간 것이 조금 의아했지만, 딱히, 혼자가 아

니라 같이 가서 멀다는 것을 느끼지는 못했다. 'Central'로 돌아온 우리는 그곳에서 점심으로 'Tim Chai Kee'를 방문해 면 요리를 먹었다. 사실, 우리가 면 요리를 평소에 잘 안 먹는다는 것을 간과하고 유명세로 찾아가서 그런지 우리는 '딱히(우리 세 명 모두가 맛이 유명세에 기대한 것보다 별로였다는 반응이었다.)' 라는 반응만 나왔다.

우리는 그 상태로 'IFC Mall'에 있는 'APPLE Store'에 갔다. 오늘의 큰 사건이 여기에서 나왔다. 내가 에어팟을 구매하는 과정에서 내가 갑자기 지갑을 잃어버렸기 때문이다. 나는 그 순간 너무 당황했다. 지갑을 잃어버린 것을 알고는 직원에게 신고를 바로 했다. 직원의 대답은 분실물을 찾아볼 테니 이곳에서 기다리라는 것이었다. 하지만 나의 마음은 불안한 마음에 그러지 못했고, 친구들에게 짐이 되기 싫어 이곳저곳을 찾아보려고 했다. 그런데 그 순간, 준연이가 넌 여기 있으라며 막았고, 자신이 둘러보고 오겠다며 자리를 떠났다. 다른 한명은 나에게 자신과 같이 기다리라며, 내 옆에서 자리를 같이 지켜주었다. 내가 식은땀과 불안해하자, 식은땀이라도 닦으라며 기분 풀릴 장난과 함께 내 옆을 지켜주었다. 사실 그 순간에 감동하였다. 그래서인지 지갑보다는 나를 걱정해

당신은 친구들과 여행을 떠나본 적이 있습니까?

주고 나서서 찾아주려는 그들이 보였기에 더 찾고 싶었다. 그리고 내가 힘들고 위험에 처했을 때, 나를 도와주는 친구들이 있다는 것이 고마웠다. 그러다 조금 시간이 지나고 저 멀리서 직원이 지갑을 들고 오는 것이 보였다. 나는 그 순간 직원에게 달려갔다. 다행히도 직원이 지갑을 이미 습득해 놓은 상황이었고 그곳엔 모든 현찰도 카드도 모두 들어있었다. 나는 모든 감탄사를 쓰며, 그 직원에게 감사하다고 했다. 친구들도 내 밝아진 얼굴을 보고 나서야 마음이 놓인 듯 나에게 편한 장난을 쳤고 나도 마음이 다 풀렸다. 나는 사람은 믿지 못 할 동물이라는 말이 거짓이라는 것을 알았다. 사람이 가장 무섭다고? 나는 위험에 처한 순간에 나를 걱정해준 친구들을 보면, 꼭 그렇지만은 않은 것 같다. 한바탕 사건이 끝나고 우리는 혼란스러웠던 마음을 좀 다스리러 카페로 쉬러 갔다. 우리는 그렇게 1시간 정도 쉰 다음, 그다음의 목적지인 'Stanly Market'으로 향했다.

우리는 Stanly Plaza 정류장에서 하차를 했다. 바로 에스컬레이터를 타고 부둣가로 내려가니, 크리스마스 마켓이 진행되고 있었다. 하지만 우리는 정작 마켓보다, 검은 하늘이 가라앉고 있는 바다와 그 곁을 지키는 해

당신은 친구들과 여행을 떠나본 적이 있습니까?

변의 건물들이 내뿜는 불빛에 취해버렸다. 우리는 마켓을 조금 둘러보다 마켓의 맞은편 부두로 향했다. 그곳으로 가니 시끌벅적함은 줄어들고 조용함이 내려앉았다. 그리고 건너편의 마켓의 화려한 불빛이 우리를 반기는 듯했다. 우리는 그곳에 잠시 앉았다. 그렇게 조금 시간이 흐르자, 마음을 씻어주듯이 시원하게 몰아치는 파도 소리가 조금 더 선명히 들렸다. 그리고 그 소리는 족쇄를 채우듯이 우리의 발을 묶었다. 해변을 바라보면서 좀 있었을까. 나는 무의식적으로 입을 열었다.

"우리가 열 살에 만났는데, 벌써 스무살이 돼서 이렇게 여행을 다 왔네."

그러자 그들이 말을 바로 잇지 못했다. 그러다 작은 목소리로 로운이의 한마디가 들렸다.

"그렇네"

조금 시간이 흐르고, 이런 분위기가 어색한지 한 준연이가 정적을 깨며 말했다.

"야. 이런 건 마지막 날에 봐야 하는 것 아니냐?"

그러나 말을 남겼지만, 우리의 정적을 깨기에는 파도 소리가 우리를 놓아주지 않고 있었다. 우리는 묵묵히 40분 정도 서로 옆을 지켜주며 바다를 감상해야만 했

당신은 친구들과 여행을 떠나본 적이 있습니까?

다.

우리는 오면서 보아 두었던 바닷가에 있는 한 레스토랑으로 발을 옮겨 저녁을 먹었다. 저녁으로 코스요리를 시켰는데 리소토와 스테이크 그리고 카레 색의 정체불명의 수프가 나왔다. 그리고 그 음식들은 우리의 입맛에 딱 맞았다. 우리는 배불리 저녁을 먹고 다시 우리의 출발지인 'Central'로 향했다. 그곳에서 우리는 야경을 관람할 수 있는 관람차를 타기 위해서였다. 원래는 8인승의 관람차였기에 다른 이들과 타야 했지만, 우리는 일부러 8인승의 표를 모두 끊어서 셋이서만 탔다. 사실 우리끼리만 있고 싶어서였기도 했다. 만약 다른 이들과 했다면 할 수 있는 일이었을까? 아마 아니었을 것이다. 우리는 그렇게 우리끼리 관람차 안에서 이곳저곳을 둘러보며 둘째 날의 야경을 관람했다. 둘째 날의 아름다운 야경은 평소보다 서로의 이야기를 많이 꺼내게 했다. 그저 마음을 놓이게 했다. 우리는 관람차서 내려 다시 몸을 이끌고 호텔로 왔다. 아무리 봐도 오늘 하루는 참 알찬 하루였던 것 같다. 많은 것을 했다. 그리고 난 그들을, 친구들을 더 자세히 알 수 있었던 하루였던 것 같다.

To believe. 내가 믿고 따르는 신념과 나의 곁을 지켜주는 이들에게 해야 할 행동인 것 같다. 그들이 가지고 있는 걱정을 서로 나눠 짊어지고, 함께 걸음을 걷는 일이 쉬운 일은 아니다. 나는 이제까지 항상 넘어지면 같이 일어설 수 있도록 도와주던 이들에게 짐이 되지 않겠다고, 혼자 일어나야 한다고 생각을 했다. 근데 그게 아니었던 것 같다. 사실 지갑을 찾고 긴장이 풀려 다리도 같이 풀려버려 길을 걸으면서 수없이 넘어질 뻔했다. 그런데 내가 그럴 때마다, 그들은 내가 넘어지지 않도록 바쳐주었다. 비록, 그들에게도 위험할 수 있던 곳에서조차도 말이다.

내가 인생에 힘이 들 때 혹시 그들이 받쳐주던 때가 있었을까? 아마 기억은 나지 않아도 있었을 것이다. 그래서 내가 더 잘 일어날 수 있었던 것 같다. 내가 이 사실들을 모르고 있던 그 순간에도 나를 걱정하고 있는 이들이 있다는 것. 참, 인생 한번 잘 살았다는 증표 아닐까?

행복한 웃음을 지을 수 있었기에

2
2
3
8
8
Rosedale
SUN
38

세상엔 웃을 수 있는 요소가 많다. 하지만 그중에서도 가장 행복한 웃음은 사람 사이에서 웃는 것이 아닐까 싶다. 셋째 날은 나에겐 그런 날이었다. 함께하는 이들과 함께 웃을 수 있었고, 같이 떠들 수 있었기에 더없이 행복할 수 있었던 하루였다. 그들과 같이 웃을 수 있어서 더 바랄 것이 없던 날이었다.

오늘도 어김없이 내가 가장 먼저 일어났다. 다들 이틀 잠을 하루에 몰아서 자는 것인지 너무나도 곤히 잔다. 나도 6시 30분에 일어났지만, 다들 안 일어났으니 조금 더 자기 위해 눈을 붙였다. 그렇게 시간이 조금 지났을까. 눈이 다시 떠져 일어나보니 아침 8시이다. 별로 눈을 안 붙인 것 같은데, 꽤 더 오랫동안 잔 것 같다. 역시나 같이 생활해본 적이 없어서 그런지 서로의 생활패턴이 아주 다르다. 옆을 보니, 친구들은 아직도 자고 있다. 나는 무료함을 조금 달래기 위해 핸드폰 게임을 조금 하기 위해 휴대폰을 들었다. 그러나 옆에 친구들이 있어서 그런지 빨리 놀고 싶다는 생각에, 바로 싫증이 나버렸다. 나는 그냥 빨리 준비하기 위해 침대에서 일어났다. 그리고 갈아입을 옷을 주섬주섬 챙겨 바로 욕실로 샤워하러 들어갔다. 샤워하고 나오니 언뜻 9시 정도 된 것 같았다. 나에게

는 이미 대낮과 같은 시각이었다. 그렇다고 친구들을 깨우기에는 그들에게는 이른 시간인 것 같아서, 친구들을 지그시 바라보며 깨울까 고민하다가 그냥 말았다. 그러다 문득, 그들에게 고마움을 느꼈다. 그저 이곳까지 같이 와준 것이 그리고 그들이 선사해주는 행복한 순간들이, 마치 그들이 나에게 주는 선물과 같았다. 곰곰이 그런 생각을 하며 아침을 조금씩 맞는 동안 시간은 흘러 곧 그들이 일어날 시간이 되고 있었다. 10시 30분이 살짝 넘은 시각, 같이 침대를 쓰던 친구인 준연이가 일어났다. 곧이어 로운이도 일어났다. 3시간 정도 혼자 있다가 그들이 일어나니 벌써 웃음이 '풋' 하며 나왔다. 무언가 그 조그마한 미소는 하루를 시작하는 축포 같았다. 나는 부스스한 채로 일어난 그들과 함께 아침을 먹으며 오늘의 여정을 천천히 정했다. 오늘은 조금의 기념품을 사기로 했고 공원을 산책하기로 했다. 그리고 홍콩의 저녁을 조금 화려하게 보내 보기로 했다. 아침을 먹은 우리는 다시 하나의 추억을 만들 채비를 했다.

오전 11시, 우리는 오늘 여정을 위한 채비를 마치고 우리는 호텔에서 나왔다. 우리는 바로 지하철을 타고 '홍콩공원'(Hong Kong Park: 홍콩섬 안에 위치한 공

HSBC

원이다. 1991년 개장을 하며 주민들이 많이 애용하는 공원이다.)으로 향했다. 우리는 그곳에서 약간의 산책을 했다. 우리는 공원 안에 있는 붉은 눈 거북이와 몇몇 동물들을 구경했다. 한국도 이런 공원이 있다면 얼마나 좋을까 하는 이야기도 했다. 평화롭고 마치 울창한 숲에 와있는 그런 느낌을 받는, 공원이 도시 안에 있다는 것이 느껴지지 않았다. 나는 산책이 따분할 만도 한데 오랜만에 보는 이색적인 풍경과 그러한 풍경 아래, 친구들과 함께 걷는다는 것에 취해 있었다. 그 느낌은 마치 영화의 한 장면 안에 내가 있는 것 같았다. 영화의 자연스러운 흐름처럼 우리의 발이 향하는 곳이, 곧 우리의 여정이 되고 있었다. 그러다 보니 어느새 우리는 공원의 상부에 올라 작은 도로를 걷고 있었다. 공원이라는 풍경도 사라졌다. 그리고는 흥미로움도 끝나서 그런가, 우리는 어느새 지쳐지려고 하고 있었다. 그러다 우리는 아주 작은 호기심을 자극하는 오솔길을 발견했다.

우리는 두 사람이 통행할 수 있을까 말까 하는, 그 길을 내려가 보기로 했다. 조금 내려가자 우리는 홍콩의 '피크트램'이 올라가는 철로의 바로 앞에 있는 작은 카페를 발견할 수 있었다. 그것을 본 순간, 우리는 비밀의

공간을 만든 듯했다. 정말 오랜만의 느낌이었다. 초등학교 때에 작은 비밀을 만들고 그것에 기뻐했던 기억들이 문득 스쳐 갔다. 결국에는 카페에 들어가지는 않았다. 하지만 우리는 철로를 보호하는 펜스에서 열차가 올라가는 것을 구경했다. 그리고는 '센트럴'을 가기로 발을 돌렸다. 초콜릿 매장을 가서 약간의 선물용 초콜릿과 우리의 몇 개 없는 여행리스트에 있던 에그타르트를 먹기 위해서였다.

길을 조금 걸었을까. 멀리서부터 초콜릿 가게가 보이기 시작했다. 우리는 서둘러 초콜릿 가게로 들어갔다. 처음 들어갔을 때, 마치 '찰리와 초콜릿 공장'에서 나오는 사탕 가게에 들어온 것 같다는 생각이 들었다. 고전적인 영국식 인테리어에 너무나도 다양한 초콜릿의 종류와 사탕들이 있었다. 그리고 그곳의 달콤한 향기는 우리를 어리게 했다. 우리는 신기한 초콜릿들을 구경하며 장난을 치기도 하고 선물로 무엇을 살까 고민을 했다. 우리는 몇 가지의 사탕과 초콜릿을 산 뒤 바로 옆인 '타이청베이커리'로 향했다. 사실 나는 계란을 좋아하는 편은 아니라 별로 기대를 안 했다. 그러나 계란을 좋아하는 친구가 있어서 같이 먹기 위해 한 개만 구매했다. 그런데 의외로

150

맛있었다. 따듯한 계란이 입을 포근하게 감싸주는 그런 느낌이었다. 우리는 길거리에 서서 에그타르트와 함께 조금의 대화를 나누며, 일정을 정리했다. 그리고는 다시 발길을 옮겼다.

우리는 트램을 타고 옛 영국식 건물을 사용하고 있는 '웨스턴 마켓'으로 갔다. 처음에는, 그곳에 이층 버스 모형을 판다고 하기에 찾아가 보았다. 그런데 딱히 비싸고 살만한 것이 없었다. 인터넷에서 소개한 것과는 매우 다른 모습이라 실망을 많이 했다. 우리는 그냥 근처 카페에서 그 분위기와 함께 빵과 차를 즐길 곳을 찾았다. 그리고 그곳에서 늦은 점심으로 약간의 빵을 먹으며 잠시 시간을 보냈다. 우리는 다음 목적지로 이미 사버린 짐들을 내려놓기 위해 다시 호텔로 향했다. 우리는 4시 20분에 호텔에 도착했다. 그리고 방에 들어오니 모두가 녹초가 되어있었다. 역시나 체력이 약한 3명이 함께 다니는 것은 위험한 일이었던 것 같다는 생각이 문득 들었다.

5시 40분이 되어서야 우리는 호텔에 나섰다. 그나저나 점심을 빵으로 해결해서 그런지 배가 다시 고파왔다. 우리는 서둘러 저녁을 먹으러 발을 옮겼다. 우리는

9,00am-9,00pm
經手人（ ） 每位茶$3
蒸點 Steamed
Steamed fresh shrimp dumplings（ha jiao）
晶瑩鮮蝦餃 $34
Steamed dumplings & chiu chow style
潮州蒸粉果 $18
Steamed sparerib with black bean sauce 豉汁蒸排骨 $18
Steamed egg cake
香滑馬拉糕 $18
Glutinous rice dumpling
古法糯米雞 $34
Steamed pork dumplings with shrimp 鮮蝦燒賣皇 $34
Braised chicken feet with abalone sauce 美味鮑汁鳳爪 $34
Steamed beef balls with bean curd skin
陳皮牛肉球 $18
Steamed beancurd skin roll filled with pork & vegetable蠔皇鮮竹卷* $25
Steamed vegetable dumplings filled with shrimp鮮蝦菜苗餃* $34
煎炸點 Deep fried food
Baked bun with BBQ pork
酥皮焗叉燒包 @3 $23
Deep-fried spring rolls filled with shrimp & salad dressing 沙律鮮蝦春卷 $33
Deep fried dumplings filled with pork &dry shrimp 家鄉咸水角 $18
Pan fried green pepper filled with mixed fish and pork 煎釀虎皮尖椒 $25
Pan-fried turnip cake
煎臘味蘿白糕 $18
Steamed "Dofu" with abalone sauce
鮑汁琵琶豆腐* $28
盅頭飯點 Steamed rice
Steamed rice with chicken feet & sparerib 鮑汁鳳爪排骨飯 $30
Steamed rice with minced pork & black mushroom water chestnut 香菇馬蹄肉餅飯* $30
Steamed rice with beef & pan fried egg
煎蛋牛肉飯 $30
Poached seasonal Vegetable
白灼郊外油菜 $22
腸粉 Steamed Rice Roll
Steamed rice rolls stuffed with barbecued pork 蜜味叉燒腸 $26
Steamed rice rolls stuffed with minced beef 免治牛肉腸 $26
Steamed rice rolls stuffed with shrimps and chives 韮黃鮮蝦腸 $33
Steamed rice rolls stuffed with barley with pig's liver 黃沙豬潤腸 $26
Steamed rice flour roll
布拉白腸粉 $26
甜品Dessert 全日供應 For Whole day
Tonic medlar &petal cake
杞子桂花糕 $12
Double boiled papaya with snow fungus & almond 南北杏雪耳燉木瓜* $18
Mineral water 礦泉水 $12
Soft drink 各式汽水 $12

Hong Kong역에 자리하고 있는 '팀호완'이라는 딤섬 전문점에 발을 멈췄다. 처음 길을 마주한 우리는 우여곡절 끝에 찾아갔다. 우리가 생각하기에는 조금 외진 곳에 있었는데, 그래도 사람들이 많았다. 우리는 서둘러 줄을 섰고 자리에 앉자마자 그곳에서 딤섬을 각자 종류별로 새우 딤섬(하자오) 한 판, 돼지고기 한 판, 돼지고기와 야채가 들어간 딤섬 두 판 그리고 BBQ 베이크 번을 주문했다. 홍콩에 도착해서 3일째 만에 드디어 딤섬을 먹었다. 오랜만에 먹어서 그런지 더 맛있었다. 우리는 딤섬을 배불리 먹고 다음 일정인 '심포니 오브 라이트'를 보기 위하여 발길을 돌렸다. 그렇게 우리는 야간 페리를 타고 'Tsim-Sha-Tsui'로 향했다.

7시 25분, 드디어 배에서 내린 우리는 서둘러 공연을 보는 부두로 향했다. 처음에는 조금 이른 시각이라고 생각했지만, 부두에 다다르니 꽤 많은 이들이 이미 공연을 기다리고 있었다. 저녁 8시, 주변 건물의 모든 불이 꺼지고 공연은 그렇게 시작되었다. 조금씩 도시의 전체가 하나의 음악에 불빛으로 춤을 추기 시작했다. 그리고 시간이 지날수록 그 향연은 매 순간이 감탄사로 채워지게 했다. 왠지 그날 공연 주제가 'Love and Care' 이여서 그

LIPPO
LIPPO
LIPPO

런지 더 아름다웠다. 그러다 문득 혼자 하는 것은 결코 위대한 공연이 될 수 없다는 것을 느꼈다. 모든 건물이 합을 맞추는 것을 보니 혼자보다 하모니를 만드는 것이 더 위대해지는 것 같았다. 그렇게 15분간의 공연이 끝나고 우리는 먹킷리스트의 중 마지막 하나, 망고 음료수를 마시러 '훠루산'이라는 카페에 가서 망고음료수를 마셨다. 그리고 오늘의 마지막을 장식하기 위해 '세바'라는 루프탑바로 향했다.

그곳에 도착해서 우리는 먼저 블루하와이, 모히또, 그리고 피치티블루소 칵테일을 시켰다. 그리고는 1시간 동안 야경과 이야기를 안주로 우리는 저녁을 보냈다. 항상 우리는 10살에 머물고 있을 줄 알았는데. 이제는 서로 술잔을 들며 서로에 대해 축배를 하고 있다니. 참, 기분이 복잡미묘했다. 그리고는 이제는 10살로 돌아가지 못한다는 사실에 슬퍼졌다. 하지만 지금이라는 순간도 행복했기에 슬픔이 술처럼 달콤했다. 호텔로 돌아가는 동안은 정말로 행복함에 취해버렸다. 그래서인지, 행복할 때에 나오는 몸부림(원래 작자는 기분이 들뜨면 미쳤다고 할 정도의 행동을 한다.)을 쳤다. 그 때문인지 다른 친구들도 나의 행동을 보고 웃었다. 나는 호텔로 이동하는 동

CONRAD

안 우리가 이렇게 웃으며 할 여행이 얼마 남지 않았다는 것에 씁쓸한 느낌을 받았다. 하지만 지금의 나는 충분히 행복했다. 그리고 즐기지 않으면 언제 또 이 순간이 올 것인가. 나는 그 순간만큼은 그들과 더 크게 웃고 싶었다.

나는 가끔 인생은 미쳐야 재미있고 살맛이 난다는 생각을 한다. 그런데 혼자 미치면 누구보다 행복하게 웃을 수는 없을 것이다. 그리고 그 미친 짓은 단지 서커스단의 눈물을 머금은 어릿광대의 울부짖음에 불과할 뿐일 것이다. 근데 미친 짓을 해도 사랑하는 이와 함께 있다면, 그게 아무리 처절한 울부짖음이라고 해도 행복한 웃음이 되는 것 같다. 나도 그들의 웃음에 약간 환각 증세처럼 그들의 행복에 같이 빠져들어 버린다. 처음으로 친구들과의 여행에서 친구들과 처음으로 술을 마시고 약간의 담소를 나눈 오늘 하루는 더없이 행복했다. 오랜만에 행복이라는 마약에 빠져 환각이 일어난 것 같았다. 같이 웃는다는 것은 오랜 행복을 가질 수 있다는 의미인 것 같다. 두 글자의 단어 하나의 안에서 정신을 잃어 헤어 나오지 못하고 현실이라는 달콤한 꿈을 꾸었던 것 같다.

MANDARIN ORIENTAL

꿈으로 만들어질 것만 같은

사전 속에는 '기시감' 또는 '데자뷔'라는 아주 고통스러운 단어가 있다. 그 뜻을 찾아보면 '처음 오는 곳, 처음 대하는 장면, 처음 만나는 사람인데 어디선가 이미 본 것 같은 느낌'이라고 적혀있다. 예전에 어떠한 뉴스 사설에서 기시감에 대한 연구에 대해 읽은 적이 있다. 기시감을 겪게 되는 것이 새로운 현실에 대해 측두엽이 거짓 과거 기억을 만들어 현재의 경험과 혼동을 느끼며, 기억 체계가 완전히 꼬이게 되는 것이라고 했다. 내가 이 현상을 고통스러워하는 이유는 바로 현실에 대한 자각 때문이다. 너무 행복해서 꿈인 것 같았는데 그사이 기시감이 들이닥치면 꿈이 날아가는 것 같아서, 그 순간에 행복보다는 지나가는 시간에 미련과 잊힐 기억에 대한 불안만 남아 버리기 때문이다. 근데 오늘은 그랬던 것 같다. 그 순간들을 미쳐 잊고 싶지 않아서 발버둥을 쳤던 것 같다.

오전 9시, 눈을 떠보니 이미 햇빛은 어제저녁에 쳐놓은 커튼 사이로 방을 희미하게 밝히고 있었다. 전날의 술과 피곤의 영향 때문인지 좀 늦게 일어났다. 역시나 친구들은 피곤한지 아직 자고 있었다. 그러다 누워있는 채로 고개를 돌렸는데 준의 발이 보였다. 많이 당황했다. 어제저녁엔 잠을 뒤척였는가 보다. 적지 않은 당황을 한

당신은 친구들과 여행을 떠나본 적이 있습니까?

후 몸을 일으켜보니 햄버거 봉지가 보였다. 아…. 어제 친구들이 술을 마시고 배고프다며 사 먹은 햄버거의 잔해였다. 문득, 어제저녁 방안에서 햄버거를 먹으며 이야기를 하던 기억들이 떠올랐다. 순간 너무 웃겼던 저녁에 웃음이 났다. 나는 곧 다시 현실로 돌아와서 커튼을 걷고 스트레칭을 했다. 그리고 친구들 몰래 방에서 나왔다. 그리고는 조금의 산책을 하기 위해서였다. 그러다가 우연히 근처 만두전문점을 발견했다. 매일 아침 똑같은 먹은 것이 조금 지루했기 때문이었을까, 나는 자연스레 발을 그곳으로 향했다. 그리고는 에피타이저로 파는 빵을 사서 호텔로 돌아왔다. 조심스레 방문을 열고 들어왔다.

내가 돌아왔을 때, 방은 아직도 조용했다. 시곗바늘이 10시 30분을 넘어가고 있었다. 하지만 너무도 곤히 자는 그들을 깨우기 너무 그랬다. 오늘도 나는 그냥 먼저 씻기 위해 옷을 챙겨 욕실로 향했다. 씻고 나오니, 준연이가 일어나 있었다. 나는 왜 거꾸로 잤는지 물어봤더니 잠이 잘 오지 않아서 뒤척이다가 그렇게 잤다고 대답했다. 무언가 황당하기도 했다. 근데 너무 해맑게 이야기하길래 우리는 무언가 싸한 기류와 함께 아침부터 웃음이 빵 터졌다. 그렇게 사소한 것에 웃고 있을 때쯤, 무언가 기분이

SOLO
375 KING'S ROAD

울컥해졌다. 무언가 일상 같게 느껴진 이 순간이 꿈처럼 느껴졌다. 기시감이 온 것이다. 방금 그 순간이 마치 물거품처럼 날아간 듯했다. 성인이라는 나이에 초등학생처럼 작은 것에 웃고 있는 우리를 보니 세월을 직격타로 맞은 느낌도 없지 않아 있었다. 그때로 돌아가고 싶어졌다. 작은 것으로도 서로의 비밀이 생기고, 장난을 치던 그때의 내가 그리워졌다. 지금은 그런 행동을 자유롭게 못 한다는 것이 착잡했다. 그렇게 웃음의 대장정이 끝나고 우리는 이제 씻고 밖으로 나갈 준비를 했다. 그렇게 찝찝한 느낌으로 오늘 하루가 시작되었다.

오늘은 원래 트레킹을 갈 예상이었지만 너무 늦게 일어나는 바람에 트래킹을 하러 못 가게 됐다. 그래서 우리는 오늘은 시장들을 돌아보기로 했다. 우리는 그렇게 행선지로 '레이디스마켓'과 '제니 베이커리', 그리고 저녁에 '템플스트리트야시장'을 가기로 했다. 우리는 얼른 나갈 준비를 하고 호텔을 나서 레이디스마켓으로 가기 위해 지하철을 탔다. 점심때라 그런지 사람이 많았다. 우리는 어쩔 수 없이 안전대를 잡고 가야 했다. 이동하는 동안 장난기가 발동한 우리는 서로 밀면서 장난을 치며 이동을 했다. 이제까지 페리를 타고 이동하는 바람에 지하

당신은 친구들과 여행을 떠나본 적이 있습니까?

철을 타고 주룽반도로 이동하는 것은 처음이었다. 그래서 Admiralty 역에서 지하철을 환승해야 했는데 많이 헤맸다. 모두가 헤맸지만 우리는 서로 길치라며 놀렸다. 아무튼 우리는 서로를 그렇게 놀리면서 그렇게 30분을 이동해 첫 행선지인 레이디스마켓에 도착했다. 레이디스마켓에서 우리는 먼저 둘러보고 선물을 사기로 했다. 그리고는 야시장에 가면 흥정을 해야 한다고 들었기에 우리는 누가 더 잘하는지 보자는 남자들의 어이없는 자존심 내기를 시작했다. 물론, 우리는 성격상 물건을 못 깎는 성격(전형적인 호구)이었다. 나는 돌아보다가 라이터와 거울, 그리고 자석을 샀다. 라이터는 원래 120HKD를 외쳤는데 내가 다른 상점은 60HKD를 외쳤다고 말하며 55HKD로 깎아달라고 말했고 그렇게 55HKD에 구매를 했다. 그리고 자석은 원래 2개에 100HKD라고 말하던 것을 6개에 100HKD로 구매했고 마지막으로 거울은 39HKD이었던 것을 30HKD에 구매했다. 결과적으로는 친구들 것도 거의 다 내가 깎아줬다. 그런 친구들은 나를 보고 양아치라며 장난을 쳤다. 나도 누가 양아치냐면서 덜 받겠다는데 깎아야 한다는 말을 하며 웃었다. 홍콩의 시장은 흥정의 재미를 보는 곳이라고 했는데 정말이었다. 한번 시도를 해보길 바란다.

$29

우리는 그런 흥정의 재미를 즐기며 마켓에서 기념품을 구매한 후에 우리는 'Tsim-Sha-Tsui'의 한 카페('Passion Café'라는 카페인데 유명하지는 않은데 다양한 브런치를 파는 개인적으로 참 좋아하는 카페이다.)로 갔다. 우리는 그곳에서 1시간 정도 휴식을 취하며 서로의 생활에 관해 이야기를 나누었다. 자신이 꿈꾸고 있던 대학 생활과 현실, 그리고 우리가 앞으로 이 여행에서 걸어야 할 길들에 대해 생각을 털어놓았다. 물론, 우리의 계획에 있던 쿠키를 못 샀다는 것을 잊은 채로 말이다. 우리는 카페에 나와 지하철을 타러 가면서 쿠키를 못 샀다는 것을 깨달았다. 그 사실을 안 순간 바로 발길을 돌렸고 '제니 베이커리'로 향했다. 가까스로 쿠키를 사고 다시 지하철에 몸을 실었다. 별로 움직이지 않았는데 이동 시간이 많아서일까? 서로가 조금 지쳐있었다. 그래서 우리는 짐을 정리를 핑계로 좀 쉬려고 다시 호텔로 갔다. 물론, 호텔에 도착하자마자 살짝 짐 정리를 하기는 했다. 그런데 침대에 좀 앉아있으니 몸이 정말 피곤한 느낌을 받았다. 정신은 괜찮은 것 같은데 몸이 안 따르는 것 같았다. 우리는 그냥 저녁이 될 때까지 조금 쉬자고 했다. 친구들은 많이 피곤했는지 침대에 몸을 눕히자 바로 잠이 들었다. 그

巴士
站

러나 나는 여행 가방 안에 쌓여있던 입었던 옷들을 꺼냈다. 근처 빨래방에 가기 위해서였다. 물론, 내가 한국에 도착한 후에 바로 집에 갈 수 있다면 좋았겠지만, 나는 당일에 바로 다른 나라로 다시 떠나야 했기 때문이었다.

셀프 빨래방에서 빨래를 하고 오니 거의 시계가 5시 45분을 가리키고 있었다. 나는 바로 친구들에게 저녁을 먹으러 가자고 깨웠다. 자고 일어나는 친구들을 보니 개운하게 일어나고 있었다. 근데 나는 그런 친구들을 보고 뭔가 나도 개운해졌다. 왠지 그 순간에 그들이 힘이 들지 않으면 나도 괜찮다는 생각이 들었다. 그렇게 우리는 조금의 휴식을 마친 후 다시 'Tsim-Sha-Tsui'의 Jordan역으로 향했다. 현지의 또 다른 분위기를 즐길 수 있을 것 같은 템플스트리트야시장을 가기 위해서였다.

우리는 템플스트리트 야시장에 도착해서, 홍콩의 새로운 모습을 찾기 위해 이곳저곳을 둘러보았다. 그런데 레이디스마켓을 보아서 그런지 왠지 이곳은 그냥 어두운 레이디스마켓과 비슷하다는 느낌을 받았다. 그래서 우리는 시장을 구경하는 대신, 저녁 먹을 곳을 찾기 시작했다. 템플스트리트마켓은 쇼핑도 유명하지만 숨은 맛집

이 많기로 유명하기 때문이었다. 우리는 길을 그렇게 서성이다가 한 길거리에 있는 해산물 식당에 발을 들였다. 마치 우리나라의 포장마차와 비슷하기도 했으며 어찌 보면 바닷가의 횟집과 비슷했다. 일단 자리를 잡고 메뉴를 보니 저렴한 가격이 더 눈에 띄었다. 하지만 정말로 현지인들만 가는 식당인지 영어메뉴판이 없고 모두 중국어였다. 우여곡절 끝에 번역기를 돌려가면서 소금 양념을 한 새우구이와 돼지고기 볶음밥, 두 가지 메뉴를 시켰다. 사실 사진 안의 되게 적어 보이는 양과 저렴한 가격 때문에 별로 기대는 하지 않고 있었다. 하지만 막상 음식이 나오고는 놀라움을 금치 못했다. 그 이유는 양이 세 명이 먹기에 적당히 많았기 때문이었다. 그리고 곧 음식을 먹어보니 우리가 찾던 홍콩다운 음식이었다는 것을 알았다. 새우구이는 고소한 새우의 맛과 사천 특유의 짭조름하면서 매콤한 맛이 좋았으며 볶음밥은 돼지고기의 크기가 커서 씹히는 감이 좋았다. 그리고 계산을 하면서 그 모든 가격이 150달러(사실 콜라 1병도 시켰다. 혹시나 맛이 없을 가해서….)라는 것에 매우 만족스러움을 느꼈다.

우리는 저녁을 먹고 기분 좋은 상태로 간단한 맥주를 하기 위해 'Lan Kwai Fong'으로 향했다. 어제는 조

Corona
Extra

용한 분위기에서 술을 마셨으면 오늘은 시끌벅적한 분위기에서 마셔 보기 위해서였다. 고급스러움과 영국 런던의 펍을 느낄 수 있는 홍콩에서 두 경험을 한다는 것은 좋은 선택인 것 같다. 'Lan Kwai Fong'에 도착한 우리는 작은 골목에 있는 한 펍(Pub)에 자리를 잡았다. 그리고는 우리는 간단하게 맥주 세 병과 꼬치 한 접시를 시켰다. 마지막 날, 술을 마시면서 지금의 무언가 아쉬움이 남고 내일은 우리의 이런 특별한 기행이 끝난다는 아쉬움이 남았다. 서로 그렇게 이야기를 하고 웃고 떠들면서 술을 다 마시니 벌써 1시간이 흘렀다. 우리는 모든 여정을 마치고 다시 돌아가는 내일을 위해 조금 일찍 호텔로 향했다. 미리 짐을 싸고 내일의 일정을 정리하기 위해서였다. 호텔에 도착한 우리는 그리고 내일의 마지막 여행의 계획을 세웠다. 마지막 날이라 예산을 조금 철저하게 관리할 필요가 있었다. 우리는 마지막 날인 만큼 조금 비싼 음식점에서 먹기 위해 서로 메뉴를 미리 정하고 내일 공항까지 갈 교통비를 걷었다. 그리고 내가 미리 챙겨간 봉투에 돈을 묶어 놨다. 마지막 날, 내일의 채비를 단단히 했다.

이전에 보면 여행을 다녀보면 항상 마지막에는 여행의 그리움보다 후련함이 남았다. 그저 '이번 여행도

잘 쉬었다. 다시 힘내자.' 하는 생각을 하며 여행을 마쳤다. 그런데 이번 여행은 그런 후련함보다는 미련이 남는다. 내일의 해가 기대되기보다 두렵다. 너무 행복해서, 아무리 상처를 받아도 그들과 함께라서 아픔이 없기에. 나는 이번 여행에 대한 미련이 많이 남는다. 마치 꿈을 꾸는 것만 같기도 하다. 그들과 함께 무언가를 하는 꿈, 같이 길을 걷고 다양한 사람을 만나는 그런 꿈을 말이다. 그리고 그 꿈은 다음 날, 기시감으로 나에게 5일 동안 꾸었던 것이 현실이 아니었다고 말을 해줄 것만 같다. 돌아가는 내일이 참 씁쓸하다. 벌써 4일이라는 시간이 지나갔다는 것이 애석하기만 하다. 하지만 내일은 내일의 해가 뜨고 언제나 그들은 데자뷔가 일어난 것처럼 내 앞에 있어 줄 것이다. 그러니 꿈을 꾼다고 실망하긴 이른 것 같다. 그보다 더 생생한 현실이 곧 펼쳐질 것이니.

함께라는 이름으로 지낼때에

내가 처음 홍콩에 도착했을 때, '무엇을 했다는 것보다 무엇을 하느냐가 더 중요하다.'는 것을 느꼈었다. 그리고 이제는 그 무엇이 끝나버렸다. 그런데 지금은 그 무엇이라는 것조차도 중요하지 않게 느껴지는 것 같다. 5일, 120시간이 지난 지금의 나는 무엇을 했다. 하지만 이제는 무엇을 한 것보다 가장 소중한 것은, 그 무엇을 누군가와 함께했는가 인 것 같다는 생각이 든다. 그들이 있었기에 오늘의 내가 있었을 것이며, 그날의 내가 지금, 이 순간들을 만들고 간직할 수 있도록 해주었다는 생각이 든다. 그리고 그 순간들은 나만의 순간이 아닌 우리의 순간이 되었다.

홍콩에서의 마지막 날, 오늘은 친구들과 맞춰 일어났다. 다 같이 9시에 일어났고 우리는 비몽사몽하게 1시간을 있다가 서로 순서를 정해 씻었다. 그리고 마지막 여행을 위해 본격적인 마지막 짐을 싸기 시작했다. 여행가방에 마지막 짐을 넣는 순간 나는 이제는 마지막 떠날 준비를 해야 한다는 마음이 슬펐다. 막을 수만 있다면 초침을 붙들고 시간을 멈췄으면 좋겠다는 생각을 했다. 그러나 시간이 가는 것을 어찌 막을 수 있을까. 나는 서둘러 짐을 챙기고 놓고 가는 것은 없는지 살폈다.

13
14
15
16

오전 11시 40분, 우리는 서둘러 여행 가방을 끌고 호텔에서 체크아웃하고 나왔다. 먼저 우린 Hong Kong 역으로 향했다. 인 타운 체크인(In-town Check-In)을 하기 위해서였다. 우리는 'AEL CARD'를 구매한 후 체크인을 하고 여행 가방을 수화물로 붙였다. 그리고는 아래 MTR 역으로 가서 옥토퍼스 카드를 환불했다. 그렇게 우리는 차츰 여행을 정리해 나갔다. 그렇게 무언가 하나씩 사라져갔다. 그리고 그 사라지는 것들이 서서히 발걸음이 더뎌지게 만들었다. 모든 정리를 마친 우리는 역에서 나와 점심을 먹으러 향했다. 홍콩이라는 도시에서의 마지막 점심, 불과 며칠 전만 해도 홍콩에서 첫 식사라는 것이 설레었는데. 이제는 마지막 말이 나온다는 것이 서글프게 만들었다. 우리는 미쉐린 가이드북의 리스트에 올랐다던 레스토랑에 찾았다. 그리고 그곳은 마지막이라는 단어를 반겨주듯 화려한 음식들이 나왔다. 에피타이저부터 디저트까지 풀코스로 나오는 식사였다. 고급스러운 식당에서 맞이하는 식사는 별로 침울했던 감정들을 다시 행복하게 만들어줬다. 식사를 마치고 난 후 우리는 'Lower Albert Road'를 걸으며 마지막 행선지인 '피크 트램(Peak Tram)'을 타러 향했다.

떠나는 날이라 그런지, 햇살이 유독 아름다웠다. 타러 가는 곳까지 우리는 따스한 햇볕을 맞으며 산책을 했다. 그러다가 그 근처까지 다다랐을 때, 나는 방학도 주말도 아닌데도 평일에 사람이 조금 많은 것을 보고 깜짝 놀랐다. 우리는 장난을 치면서 그래도 산을 한번 올라야지 않겠냐며, 한번 남을 추억을 위해 조금의 긴 줄을 기다렸다. 그리고 드디어 기나긴 줄을 끝으로 트램에 올라탔다. 처음에는 지난번, 가족들과 왔을 때처럼 재미가 없을 줄 알았다. 그런데 이동 수단에 불과했던 트램이 친구들과 왔을 때는 왜 경사만으로도 재미있던지. 우리는 서로 신기하다고 재밌다며 깔깔 웃으며 트램을 즐겼다. 왠지 여러 번 타봤던 것이 그저 친구와 함께한다는 이유로 생소해지고 신기한 트램이 되었다. 우리는 '피크 공원(Peak Park)'에 올라와서 잠시 쉬는 겸, 커피를 마시며 전망을 관람했다. 그리고는 전망대에 자리한 식당을 예약한 후에 시간을 기다리기까지 서로 이곳저곳을 구경했다. 비록, 전망대를 올라가지는 않았지만, 더 재미있었다. 우리는 전망이 좋은 곳을 찾아다니자며 돌아다니기도 했다. 드디어 예약한 시간이 되었고, 우리는 'Bubba Gump'라는 전망대에 있는 경치가 좋은 레스토랑에서 마지막으로 자리

Central
中區
Tamar
添馬
Kowloon
九龍
Admiralty
金鐘

를 잡았다. 나는 밥을 먹으며 조심스레 입을 열었다.

"이번 여행, 어땠던 것 같아?"

그러자 준연이가 입을 열었다.

"음…. 체력적으로는 힘들었는데 재밌었어."

나는 뿌듯한 마음에 들뜨기 시작했다.

"다음에 이렇게 또 여행 갔으면 좋겠다."

"기회가 된다면 또 가도 좋을 것 같아."

준연이의 말끝으로 우리의 대화는 그렇게 끝났다. 마지막 식사라서 그런지 처음보다 살짝 더 조용한 느낌이 들었다. 그렇게 우리는 홍콩에서의 마지막 저녁을 먹고 또 아슬아슬한 피크 트램을 타고 내려왔다. 그리고 우리는 우리가 5일 동안 항상 걷던 길을 걸으며, 다시 Hong Kong 역으로 향했다. 마지막으로 걷던 그 길이 그렇게 차갑게 느껴진 것이 처음이었다. 잊힐 순간들을 잡아두고 싶었다. 조금이라도 사진을 찍으며 시간을 끌려고 했지만, 결국에는 역에 도착했다. 우리는 잠시 화장실을 다녀온 후에 바로 AEL을 타고 공항으로 향했다. 열차 안에서 로운이는 많이 피곤했는지 앉자마자 바로 잠이 들었다. 심심했던 나는 로운이 옆에서 혼자 앉아있던 준연이

Seoul/ICN
228

의 옆자리로 옮겼다. 마지막의 길이 참 두려웠다. 다시는 없을 이 순간까지 나는 웃음으로 채우고 싶었다.

공항에 도착해서는 나는 바로 전광판을 바라봤다. 비행기를 어디서 타는지 확인을 하기 위해서였다. 하지만 사실 비행기가 연착되길 바랐던 것도 사실이다. 아직 소중한 이들과 더 있고 싶었고, 그들이 있었기에 오늘의 내가 있다는 것을 알기 때문이었다. 하지만 애석하게도 비행기는 정시에 출발한다는 말에 조금 풀이 죽었다. 우리는 면세점에서 커피를 마시고 남은 돈을 모아 초콜릿도 사며, 남은 시간을 더 즐겁게 보냈다. 그리고 우리는 마지막 연결 철도를 타고 탑승동으로 향했다. 나는 어느 순간 탑승구로 향하는 나의 발걸음이 조금씩 느려지는 것을 알았다. 그렇지만 내가 원하는 것과 달리 그럴 수는 없었다. 탑승구에 도착해서 조금 기다리니, 승무원의 탑승을 시작하겠다는 안내가 들렸다. 그 승무원이 참 얄밉게 느껴졌다. 우리는 항공기로 가는 버스에 올라탔고, 그렇게 비행기에 가까이 가고 있었다. 나는 버스 안에서 그들에게 어렵게 입을 열었다.

"사람에게 있어서 가장 좋은 추억은 쉽게 잊기

당신은 친구들과 여행을 떠나본 적이 있습니까?

마련이래, 대신 가슴속에 그 감정이 남는다고 하더라."

친구들은 그 말이 어색한지 바로 자신들은 이공계열이라서 기억력 문제는 생물학적 분석을 해봐야 한다면서 장난으로 받아쳤다. 시간이 좀 지나고, 버스가 비행기 앞에 섰다. 우리는 탑승 계단을 오르기 위해 줄을 섰다. 나는 계단을 오르기 전, 잠시 무언가에 이끌린 듯이 멈춰 뒤를 돌았다. 나는 그렇게 다시 오지 못할 그 순간에 대한 마지막 인사를 하듯, '홍콩국제공항'이라는 팻말만 뚫어져라 보고 있었다. 내가 좀처럼 오지 않자, 친구들이 나를 부르며 얼른 올라오라고 했다. 나는 그들을 따라 비행기에 올랐다. 우리는 피곤한 마음에, 서둘러 자리를 찾아 앉았다. 자리에 앉은 지 조금의 시간이 흘렀을까. 기내에서 방송이 흘러나왔다.

"승객 여러분, 저희 비행기 곧 이륙합니다. […]"

그 말을 끝으로 비행기는 점차 속도를 내어 하늘을 향해 달리고 있었다. 그리고 그렇게 홍콩에서의 기나긴 날들이 끝나갔다..

누군가를 판단하는 것은 그 사람과 여행을 가봐

야 알 수 있다고 한다는 말을 들은 적이 있다. 그때는 친구와 여행을 하는 것이 거북해 무슨 소리인지 몰랐다. 친구는 그의 정보만 잘 알기만 하면 되는 줄 알았다. 그런데 그 여행을 마친 이 순간에 왜 그런 말을 하는지 알 것 같다. 그들과 함께하는 과정에서 진정으로 그들을 느낄 수 있다는 것이다. 학창시절에는 잠을 자는 시간 이외로는 친구들과 시간을 보내기에 모르고, 어른이 되어서는 서로 바빠 못 만나서 모른다. 그래서 그들과 오랜만에 시간을 같이 보내며 알게 되는 것 같다. 내가 힘들고 지칠 때면 함께하는 이들에 의해 의지할 수 있고 그들과 함께라면 마지막까지 무사히 갈 수 있다는, 그들의 소중함을 말이다. 내가 지금 여기까지 올 수 있었던, 그 이유가 그들 덕분인 것을 익숙함에 묻혀 미처 모르고 있었다.

KMB
TAXI

현실과 꿈의 사이, 그리고 그리움

당신은 친구들과 여행을 떠나본 적이 있습니까?

"승객 여러분, 대한민국에 오신 것을 환영합니다. 비행기가 완전히 멈춘 후, 좌석벨트 사인이 꺼질 때까지 잠시만 자리에서 기다려 주시기 바랍니다."

기내에서 승무원이 형식적으로 읊는 문장이 울려 퍼졌다. 마침내 길고 길었던 여정이 끝나는 순간이었다. 비행기의 속도가 느려지는 느낌이 들기 시작하고 주변의 사람들이 짐을 정리하기 시작했다. 나는 천천히 친구들을 깨웠다. 일어난 친구들은 도착했다는 말에 자동으로 일어나 짐을 정리하기 시작했다. 나가기 직전 나는 친구들에게 어차피 사람도 많아 막힐 테니 천천히 나가자고 했다. 하지만 야속하게도 아침이라는 시간에, 사람들은 얼른 나가고 싶은지 빨리 빠지고 있었다. 우리는 자동으로 다른 사람들에 맞추어 서둘러 빠져나갔다. 비행기에서 브릿지로 내려오는 순간 들어오는 한국의 쌀쌀한 날씨는, 여행을 처음 시작할 때보다 더 시리게 느껴졌다. 우리는 다시 연결 철도를 타고 탑승동에서 터미널로 향했다. 우리는 입국 심사를 받고 수화물을 찾는 곳에서 우리의 여행 가방이 나오길 기다렸다. 우리가 너무 빨리 나온 것인지 오래 기다려야 했다. 힘들다며 벤치에 앉아서 쉬는 친구들이 너무 고단해 보였다. 드디어 저 멀리서 우리의 수

당신은 친구들과 여행을 떠나본 적이 있습니까?

화물이 보였고 우린 수화물을 꺼낸 다음 입국장으로 발을 내디뎠다. 4시 30분, 공항철도가 운행하기까지 시간이 남아 근처 벤치에서 다 같이 쉬기로 했다. 나는 이제 누구한테 기댈 곳 없이 각자의 집으로 가는 남은 여정을 보낼 그들이 걱정되었다.

"잘 갈 수 있겠어?"

나는 조심스레 그들에게 걱정된다며 물었다. 그러자 준연이가 어이가 없는 듯 말했다.

"너나 걱정해. 우리보다 더 멀리 가잖아."

예상하지 못한 답이었다. 나의 걱정에 친구들은 자신들보다 나를 더 걱정했다. 바로 다른 나라로 떠나야 해서 공항에 남아 있어야 했던, 나에게 다음 비행기까지 어디서 기다릴 거냐며 걱정을 해주었다. 멋쩍어진 나는 친구들에게 나도 집에 가고 싶다며 장난을 쳤다. 그렇게 마지막으로 열차를 기다리던 시간은 빠르게 흘러갔다. 나는 마지막으로 그들과 함께 지하철을 타는 입구까지 같이 갔다. 나는 이제 그들과 헤어져야 한다는 것이 살짝 어색했다. 나는 그래도 웃음으로 여행을 끝마쳐야 한다는 생각에 웃으며 장난을 쳤다.

"어휴…. 여러분 여행은 잘하셨나요? 돌아가셔서 저희 여행사 후기 잘 좀 부탁드립니다."

내가 장난을 치며 말을 걸자, 우리는 서로 키득키득 웃기 시작했다.

"네에! 걱정하지 마십쇼! 잘 남겨드리겠습니다."

나는 이번 여행의 친구들과의 마지막 장난으로 웃음을 날렸다.

"마지막까지 함께 못 가서 아쉽고 미안하다."

"아냐, 너도 잘 다녀와."

그들은 그렇게 인사를 나눈 뒤, 개찰구를 향해 몸을 돌렸다. 나는 그들이 들어가는 모습을 그들이 보이지 않을 때까지 지켜보았다. 처음 같이 들어왔던 길에서 혼자 남는다는 것에 참 씁쓸함을 느꼈다. 그들과 마지막까지 함께 이동하고 싶은데 그게 안 되는 것이 속상했다. 그러면서도 그들의 뒷모습에 나는 깊은 한숨과 함께 그들이 집까지 잘 도착하기를 바라는 마음이 가득했다. 그들의 뒷모습이 사라지고 나는 다시 공항으로 몸을 돌렸다. 내 모습이 조금 초라하게 보였다. 항상 함께하던 모습에서 혼자 남은 모습은 너무 추웠다. 나는 씻기 위해 공항

당신은 친구들과 여행을 떠나본 적이 있습니까?

안의 찜질방으로 몸을 옮겼다. 몸을 씻고 밖에 피곤한 몸을 이끌고 휴게실로 가서 몸을 누우니 너무 졸렸다. 그리고 무언가 허전했다. 그들이 서울역에 잘 도착했다는 문자가 왔을 때는 문득 나가고 싶다는 생각이 들었다. 하지만 바로 밖에 나가도 어차피 혼자라는 생각이 들었고, 바로 나가기 싫어졌다. 여행할 때는 그들과 함께 하는 것이 꿈이라고 생각했는데. 오히려 혼자서 있다는 것이 더 꿈만 같았다. 조금 더 시간이 지나고 핸드폰에서 울리는 자신들은 잘 들어갔다는 문자가 왔다. 나에게 그 문자는 왠지 모를 아쉬움을 남겼다. 그리고 그들과 함께 지하철을 타고 서울에 가야 하는데 이렇게 혼자 공항에 남아있다는 것이 믿기 힘들었다. 내가 현실을 깨달았던 때는 다른 나라에서 여행을 시작했을 때였다. 다시 낯선 도시에 발을 디뎠을 때, 비로소 그들의 부재를 실감하게 된 것 같다.

사실 아쉬움이라는 감정은 새로운 것에 쉽게 잊히기 쉬운 것 같다. 마치 초등학교를 졸업하고 중학교에 가는 그 순간과 같이 말이다. 우리는 아쉬움이라는 감정을 시작이라는 설렘이라는 것으로 지워버린다. 근데 가끔 설렘으로도 못 지우는 아쉬움이 있다. 가장 소중한 것이 내가 바라지도 않았는데 끝나버리는 것, 혹은 그것이

당신은 친구들과 여행을 떠나본 적이 있습니까?

눈앞에서 사라져 버리는 것이다. 그들은 아쉬움과 동시에 슬픔도 남기기에 더 잊기가 힘들어진다. 이번 여행도 그랬다. 친구들은 여전히 나의 곁에 있을 것이다. 하지만 내가 5일 동안 겪고 본 아름다움은 사라지기에, 그저 아름다운 슬픔으로 남을 것 같다. 어렸을 적에는 이별은 새로운 시작이라고, 그렇다 해서 영원한 헤어짐도 아니라고, 그저 이별은 아름다운 것이라고 배웠는데. 그것들이 슬픔을 남긴다는 세상의 이치는 누구도 알려주지 않았다. 혹시 아름다운 것만 가르쳐주고 싶어서 그랬던 것일까? 그렇다고 해도 원망을 하기에는 그 슬픔조차도 시간이 지나면서 너무나도 아름다워진다. 아마도 아름다워질 때까지 너무 고통스러워서 알려주지 않은 것 같다. 지금의 나는 무언을 관두거나 끝내고 아쉬워하는 이들에게 충분히 아쉬워하라고 말해주고 싶다. 그러지 않으면 그 아쉬움은 슬픔을 느끼지 못하고 아름다운 꽃이 될 수 없을 것이기에.

낯선 도시에서의 여행은 모든 것을 새롭게 했고, 아쉽게 만들었다. 그러면서도 나에게 많은 선물을 주고 떠났다. 그 선물들은 나에게 인생에 대한 많은 조언을 해주었다. 누군가와 함께한다는 것의 즐거움을 줬다. 하지

만 나는 이제 낯선 도시에서의 여행을 준비하지 않는다. 대신 누군가와 함께할 여행을 준비해보려고 한다. 많은 이들이 여행을 가기 전에 동행하는 친구가 어떤 숙소를 선호하는지, 어떤 유형의 여행을 좋아하는지를 알고 자신과 맞는 친구와 가야 한다고 말한다. 나도 처음에 걱정은 안 했던 것은 아니었다. 너무나도 무서웠다. 그들과 맞지 않으면 어떻게 해야 하는가 생각이 들었다. 그런데 그렇게 안 맞는 이들이었으면, 벌써 우리의 관계는 지속하지 못해 있었을 것이다. 우리는 그들과 수십 년을 친구라는 종이에 각서도 쓰지 않은 허상의 약속을 맺었다. 그렇기에 마음에 들지 않았다면 몇 번이고 계속 싸웠을 것이고 등을 돌렸을 것이다. 그런데도, 그렇게 많이 싸웠는데도 관계가 이어졌다면, 그 모든 것을 이해하고 지냈다는 것일 것이겠지. 친구와 맞아서 가려고 하지 말고 일단 가서 보자. 그래야 우리가 어떤 관계였는지 알게 되는 것 같다.

Sympathy & Empathy

그 한 글자 차이

TAXI

대부분 여행에서 싸웠다는 사람들을 보면, 대부분이 서로의 차이를 이해하지 못해서라는 이유가 가장 많았던 것 같다. 물론, 나도 여행을 하며 그들과 싸우고 싶었던 적이 많았다. 서로 장난을 치는 날이 많았기에, 서로 감정이 상할 일도 많았다. 한번은 친구가 욱했던 적이 있는데, 욱한 친구도 그걸 야기한 나도 바로 서로 미안하다며 같이 빌었다. 서로를 이해한다는 것은 아주 힘든 일이다. 아마도 같은 환경에서 자라지 않았기 때문인 것 같다. 그런데 우리가 매번 싸울 것 같으면서도, 서로 즐겁게 여행을 한 이유는 서로를 이해했기 때문이지 않았을까. 그렇게 보면 'Sympathy'와 'Empathy'는 딱 사람들 사이에서의 갈등을 정리하기 쉽게 해주는 단어인 것 같다. 이 이야기는 예전에 꽤 친해진 교수님께서 나에게 해주신 말씀에 대한 이야기이다.

어느 날, 내가 교수님과 이야기를 하며 단과대학 휴게실에서 쉬고 있었다. 그런데 그 교수님(그 교수님은 미국인 교수님이다.)께서 문득 뜬금없이 나에게 무언가를 물으셨다.

"성현, 영어 단어에 'Sympathy'와 'Empathy'의

당신은 친구들과 여행을 떠나본 적이 있습니까?

뜻을 알고 있니?”

“교수님, 그 단어들은 감정을 이해하는 뜻을 가지고 있지 않나요.”

“그럼 너는 그 단어들의 차이를 알고 있니?”

“…. 잘은 모르겠습니다.”

"두 단어 모두 네 말처럼 감정을 느끼지만, 글자가 다른 이 단어들에는 큰 차이가 있단다. ‘Sympathy’라는 감정을 공유하는 것은 누구든지 할 수 있어. 친구와 다녀온 여행을 다녀오면 나중에 서로 추억을 되새기는 것처럼 말이지. 대부분의 사람은 ‘Sympathy’를 만들려고 하지. 그런데 ‘Empathy’는 누구든지 할 수 없단다. 서로 다른 경험을 하고 느낀, 그 감정으로 서로를 이해한다는 것은 아주 특별한 능력이지. 세상을 살아가는 데에는 ‘Sympathy’보다 ‘Empathy’가 더 중요하단다. 너는 그 능력을 갖추고 있는 것 같아."

처음 그 말을 듣고 있을 때는 잘 몰랐다. 과연 ‘Empathy’라는 그 능력이 무엇을 의미하는지. 하지만 시간이 흘러도, 그 말은 잊히지 않고 내 가슴에 남았다. 그리고 이번 여행에서 알았다. 나는 항상 친구와 ‘Sympathy’를 하고 싶어 했다는 것을 말이다. 나는 항

당신은 친구들과 여행을 떠나본 적이 있습니까?

상 같은 추억을 만들며, 우리만의 공감을 만들려고만 했다. 그래서 항상 친구들에게 여행을 가자고 했던 것 같다. 서로의 곁에 다가가게 할 수 있는 것은 'Empathy'에서 시작된다는 것을 잊은 채로 말이다. 그저 서로 여행을 떠나고, 같은 기억을 가지고 싶다는 생각을 했다. 그런데 이제는 여행은 그저 'Sympathy'를 만드는 것이 아닌 'Empathy'를 하는 여정이라는 것을 알게 된 것 같다. 여행하는 동안 서로를 우리가 얼마만큼 이해할 수 있는지, 그리고 어느 정도 우리가 서로에게 기댈 수 있는지를 알게 되었다.

우리는 가끔 싸울 때, "네가 해본 것도 아니잖아. 근데 어떻게 이해해."라는 말을 한다. 근데 틀린 말은 아니다. 아무리 우리가 친구로서 지내온 시간이 길다고 한들, 난 그들을 다 알지 못한다. 그래서 여행을 같이 다녀보면 잘 맞는다고 생각했던 것들에서 어긋날 때가 많았다. 근데 그곳에서 이해하지 못하면, 우리는 그 순간부터 싸우기 시작한다. 하지만 그때 저 친구도 나와 똑같다고 생각하는 것이 아니라, 나도 싫어하는 게 있으니 그들도 싫어하는 것이 있을 것이라고 이해를 할 수도 있다. 그런데 현실 속에서는, 싸우는 동안 우리는 그저 자신의 경험

당신은 친구들과 여행을 떠나본 적이 있습니까?

만을 생각한다. 그리고 나중에 되새기며 생각을 하다가, 결국에는 서로 미안해진다. 그러고는 오해했다며, 그렇게 싫어하는지 몰랐다고 용서를 구하게 된다. 맞다, 비슷한 성향을 닮았다고 같은 경험을 한 것은 아니며, 같은 학창시절을 보냈어도 우리는 다른 경험을 해왔다. 그렇지만 같은 경험을 하지 않았더라도 나 역시 당연히 그런 감정을 느껴봤기에 알 수 있다. 그들이 고통스러웠을 그 감정들을 말이다. 그리고 그 경험을 통해 얻은 것으로 상대의 경험을 이해해주어야 하는 게 맞는 것 같다.

고등학교에 다닐 때에 어떤 선생님께서 "친구라면 여행을 다녀와 봐야 한다. 그럼 그 친구가 너에게 어떤 사람인지 알게 된다."고 말씀하신 적이 있다. 아마 그 이유가 서로의 차이를 이해하는지를 알 수 있다고 하신 것 같다. 그때는 그 의미가 무엇인지 잘 몰랐다. 그런데 이제는 알 것 같다. 고립된 곳에서, 아는 이가 없는 곳에서 생활을 해보면 서로 지치게 되는 것은 당연한데. 그 안에서 서로를 이해하며 서로를 부축하며 생활하는 것은, 그들이 서로를 얼마나 아끼는지 알 수 있기 때문이었던 것이 아닐까? 물론 나는 이번에 여행하는 친구 중 한 명과는 학창시절 셀 수 없을 정도로 싸웠다. 그렇지만 우리는 싸웠

당신은 친구들과 여행을 떠나본 적이 있습니까?

다고 해도 등을 돌리지는 않았다. 나는 그러한 과정들 속에서 꼭 우리가 안 맞아서 싸운다는 오해를 하기보다는 그저 우리는 서로를 이해하기에는 조금 시간이 걸린다는 생각을 했다. 서로의 행동이 자신의 마음에 들지 않아서 피하는 것보다 시간이 걸리더라도 잠시 이해를 해보는 것이 더 좋지 않은가. 그래서인지 우리는 서로를 이해하는 법을 배웠다. 아마 우리가 그렇게 싸우면서도 여행을 하면서 서로 안 싸운 것은 서로를 인정하고 이해했기 때문이지 않았을까? 조금 기다려주자. 그럼 싸울 일이 없어진다.

모든 여행을 마치고,
다시 가방을 챙겼다.

請勿靠近車門
MIND THE DOORS
上
IN
ONLY
請勿靠近車門
MIND THE DOORS
上
IN
ONLY

나는 이제 5일간의 홍콩에서의 모든 여정을 마쳤다. 그리고 우리는 언제 그랬냐는 듯이 다시 자주 만나지 못하는 그런 일상으로 돌아갔다. 더 연락을 자주 해보려고 하지만 여행을 가기 전처럼 흥미로운 대화가 오고 가지는 않는다. 그저 서로가 잘 지내는지 궁금해하는, 연락이 오고 갈 뿐이다. 그런 것을 볼 때마다 지금 우리가 여행할 때를 생각해보면, 참 꿈만 같다는 느낌이 든다. 여행을 준비했던 날들과 5일간의 여정들이 기억이라는 가루가 되어 머릿속에 흩뿌려졌기에. 마치 여행의 기억들이 꿈에서 막 깨듯이 비몽사몽 해졌다. 그런데도 나는 이제 다시 그들과 또 다른 여정을 준비하려고 한다. 준비도 필요 없는, 더 다이내믹한 현재라는 여정을 가려고 한다.

지금 보면 나는 지금까지 살면서 짧은 일생 동안 아주 다이내믹한 시간을 보냈다고 생각한다. 남들보다 조금 이르게 초등학교에 진학했고, 도중에 전학해서 학교에 다니며 지금의 친구들을 만났다. 그리고 지금까지 성장하며, 종종 고통스러운 시간을 보내기도 했다. 언제는 친구들에게 놀림도 받아봤고 남들보다 조금 잘난 것 같다며 시기와 질투도 받았다. 고등학교 때는 양심과 비양심의 갈등에서 잘못을 저지르는 일도 있었다. 그리고 그 과

당신은 친구들과 여행을 떠나본 적이 있습니까?

정에서 나는 항상 모든 것들의 고통은 혼자 안고 가는 거라며, 혼자 달리려고 했다. 그런데 나는 이것들을 혼자 책임을 질 수 있다고 해놓고, 매번 그것들이 고통스럽다고 통곡했다. 대학교 때는 지친 마음에 다시 태어나고 싶다며 이름까지 바꿨다. 하지만 그저 이름을 바꿨다고 모든 것이 바뀌는 것은 아니었다. 단지 그것은 그곳에서 나오고 싶다는 나의 처절한 고통이었다. 나는 그렇게 지금까지 인생의 여행을 혼자서 해왔다. 그래야 한다고 믿어왔다. 그렇게 조금의 시간이 더 흘러 나의 지침이 극한에 도달할 즈음 친구들과 홍콩 여행을 떠났다.

그들과 여행을 가기 전까지는 그저 친구란, 조금 더 친한 인간관계의 일부분이라고 생각했었다. 조금이라도 그들이 없다면 나는 외로울 것 같아서. 그저 그 이유로 의지하는 곳이었다. 근데 여행을 하며, 나의 인생의 동행자는 누구인가 하는 생각을 해보게 되었다. 그리고 결론은 그저 같이 걸어줄 수 있는 사람이었다. 먼저 앞서 나가더라도 기다려줄 수 있는 이였다. 그리고 그들은 나에게 그런 존재였다. 여행하는 동안 그들과 나, 우리는 서로의 차이를 이해해주고 힘들 때는 같이 쉬었다가 같이 출발했다. 또한 그들은 내가 넘어질까 봐 자신의 위험을 감수하

明愛
學院

고 미리 뒤에서 받쳐주고, 어려울 때는 괜찮다고 같이 토닥여 주었다. 나는 그게 어려운 것이라고 믿어왔는데. 우리 가족은 항상 어디를 가든지 아버지는 저 앞에 가고 어머니는 저 뒤에서 걷고 있었기에. 그러고는 매번 서로 자신의 위치로 오라고 부르기만 하셨기에. 나는 그저 같이 걷는다는 것이, 그저 어려운 것이라고 믿고 있었다. 사실 그냥 먼저 가는 이가 조금만 기다려주면 되는 것이었는데도 말이다. 그들도 먼저 앞질러 갈 수 있음에도 그러지 않았다. 항상 함께 앞으로 나아가주려고 했다. 가끔 먼저 앞으로 나아가는 일이 있어도 그건 안전한지 확인해 주기 위함이었다.

여행 중에 내가 친구에게 한국을 떠나 해외에서 살아보고 싶다고 말했던 적이 있다. 되돌아오던 말은 "네가 떠나있는 동안 난 여기서 기다려 줄게, 대신 오래는 안 돼. 잊게 되니깐."이라는 대답이었다. 그 대답을 듣는 순간, 나를 기다려주고 같이 발을 맞추어 걸어줄 수 있는 동행자가 있어 행복하다는 생각을 했다. 그리고 나는 그들이 내 인생의 어느 곳에나 있었으면 싶다는 생각을 했다. 그들의 인생의 가장자리에서 같이 기다려 주고, 같이 걸어 나가며, 각자의 여정을 응원해주고, 실패와 성공을 같

당신은 친구들과 여행을 떠나본 적이 있습니까?

이 축하해주고 싶다. 그렇게 그들과 동행을 하고 싶다.

우리는 인생을 여행에 자주 비유한다. 나는 여행을 마치고 비로소 그 이유를 깨달았다. 여행의 처음과 끝처럼 인생도 처음과 끝이 있었다. 그리고 나에게 소중한 그들이 여행하는 동안 나의 곁에 있어 주 듯, 인생을 살아가는 동안에도 똑같이 그곳에서 함께해 줄 것이다. 나는 오늘 아침에도 여행을 준비했다. 가방을 싸고 신발 끈을 묶고 나아갈 채비를 마쳤다. 그리고 미련과 그리움은 남겨둔 채로 가방 하나만 가지고 문 앞에 서 있다. 오늘 하루라는 여행을 하기 위해. 그리고는 한숨과 함께 걱정을 덜어냈다. 혼자 여행을 떠나는 것이 아니니깐. 나는 이 순간도 겁을 먹지 않으려 한다. 그대여, 당신에게는 지금 곁을 지켜줄 든든한 동행자가 있으니깐. 당신께서 방황할 때 기다려주고 나아갈 때 같이 발맞추어 걸어줄 그런 동행자가 항상 옆에 있을 테니까. 걱정하지 말자. 오늘도 신발 끈을 단단히 묶고 문밖으로 나서자.

일상에서

당신은 친구들과 여행을 떠나본 적이 있습니까?

이 모든 것들이 쏜살같이 흐르고 나는 다시 바쁜 삶으로 돌아갔다. 다시 사람들 속으로 들어가 그들과 매순간 섞여 있었다. 그리고는 매번 바쁘다며 친구들을 잊으려고 했다. 그렇지만 나는 항상 그 순간들은 그리워했다. 다시 그 속을 빠져나와 모든 것을 놓고 싶었다.

"요즘 무슨 좋은 일이 있나 봐요?"

"음… 딱히 없는 것 같은데요? 왜요?"

"안색이 지난달에 뵀던 것보다 훨씬 행복해 보여서요."

여행을 다녀오고 1달 즈음 됐을까? 친한 지인을 만났을 때 들은 말이다. 그는 나에게 요즘 좋은 일이 있는 것 같다고 말했다. 나는 몹시 궁금해서 원래는 어땠냐고 물어봤더니. 그는 나에게 항상 걱정이 많아 보이는 얼굴이었다고 했다. 근데 지금은 더 홀가분해 보인다고 말을 해주었다. 그렇게 웃고 있는 모습은 오래간만이라고 했다. 나는 확실하게 무엇 때문이었는지는 이유를 모르겠다고 했다. 그러나 내심 짐작은 갔다. 여행 덕분이라는 생각을 했다. 누군가와 함께 있었고 나를 충분히 내려놓고 있었기에 고민도 없었을 거라고 생각을 했다.

여행은 가끔 그런 것 같다. 걱정을 툭툭 털어버릴 수 있는, 그런 긴 순간을 가지는 시간인 것 같다. 사람들은 혼자서 떠나면 혼자만의 사색의 시간을 가질 수 있다고 좋다고 말한다. 그러면서 누군가와 여행하면 서로 부딪치지 않기 위해 신경을 쓰기 때문에 힘들다고 말한다. 근데 친구와 여행을 하면 서로 신경을 쓰기도 하지만, 그것보다는 친구들과 아무런 생각 없이 놀 수 있다는 것이 더 좋지 않은가? 그저 학창시절 수학여행을 가서 친구들과 이불을 덮고 이야기를 하거나 배게 싸움을 하면서 놀았던 것처럼 말이다.

여행을 마친 지 4달이 지나도 아직 여행의 여운이 남았다. 가끔 지갑을 열면 있는 우리들의 사진이 그때를 그리워지게 한다. 그리고는 때때로 힘들 때, 그때의 사진들을 보면 그들과 함께한 나날들을 생각하게 된다. 그리고는 인생이라는 여행을 하며, 그들은 그때의 여행처럼 나에게 힘이 되어주고, 나도 그들에게 힘이 되어 줄 것이기에 조금만 더 힘내자고 다짐을 한다. 그러다가 가끔 친구들을 만나서 같이 놀면, 우리는 여행 때의 일들을 털어놓는다. 서로를 더 잘 알게 되었다고, 너는 그런 것 같다고. 부연 설명 없는 이야기를 하게 되었다. 그리고는 서로에게 기대는 것이 참 자연스러워진다.

며칠 전에 친구들에게 조심스레 말을 꺼냈다.

"그때 우리 갔던 홍콩 이야기를 에세이로 만들어도 될까?"

친구들은 나에게 웃으면서 말을 했다.

"상관없어. 대신 나중에 다 쓰면, 선물해줘."

나는 이제까지 친구들과 어디로 여행을 다녀와 본 경험이 별로 없었다. 그래서 항상 친구들과 여행을 간다는 말을 꺼내면 그들에게서 낯설게 느껴졌다. 그래서인지 처음에는 친구들과 홍콩 여행을 다녀온다는 것이 겁이 났다. 중간에는 너무 무서워서 혼자서 그냥 가지 말자고 할까 하며 고민도 했다. 근데 여행을 준비하고 여행을 하면서 그들과 함께해서 낯설다는 느낌보다, 그들과 함께 있어서 행복함을 느꼈다. 그리고는 그전에는 못 느꼈던 감정들을 많이 느끼게 되었다. 여행하는 동안, 하루를 마치고 쓰는 일기는 감정을 다 쏟아부으려고 하니 정해져 있던 분량이 넘치기도 했다. 많은 단어 중, 어떤 표현이 맞았는지 몰랐을 만큼 복잡한 감정들이 많았다. 그래도 일기를 다 쓰고 잠을 청할 때쯤에는 뿌듯했다. 그래서 여행을 다녀오고 나서 항상 만들던 포토북 대신에 그 감정을 단편 에세이로 만들기로 했다.

언젠가 추억은 꽃과 같다는 말을 들은 적이 있는데. 그 말에서 꽃은 365일 피고 있지는 않지만, 그 꽃이 지더라도 잊을 때쯤 다시 피는데 추억도 꽃과 같다고 했다. 언젠가 잊힐 듯이 기억 속에서 흐려질 때가 있는데 그 기억이 그리워 질 때 즘에 다시 개화해서 심금을 울린다고. 그래서 추억도 꽃과 같다고 한다.

시간이 가면서 항상 '어른이 되면 왜 친구와 돈과 시간이라는 것들에 멀어지게 되는 것일까?' 하는 고민이 들었다. 교실과 복도를 뛰놀던 때에는 그런 생각을 하지 못했는데. 어느새 주변에는 돈과 시간이 맞는 친구들만이 남아버렸다. 그땐 그랬지 하며 지나칠 수 있지만, 그때 이후로 멀어진 몇몇 친구들이 참 그리웠다. 물론, 이번 여행도 친구들이 모두 돈이 있었기에 갈 수 있었던 여행이었다. 그래도 이번 여행을 하면서 여행에 대한 예산을 조금 빡빡하게 여행계획을 짰다. 그래야 그곳에 가서는 넉넉하게 쓸 수 있기 때문이다. 돈이라는 물질적인 것이 걸림돌이 되는 순간 그 여행은 발이 닿는 곳을 가는 게 아닌, 돈이 닿는 곳에 가게 된다고 생각했다. 그리고 나는 그게 두려웠고 싫었다. 이미 평소에 친구들과 놀 때도 돈을 걱정하며 보는데. 여행까지 와서 그러고 싶지는 않았다. 그저 옛날, 우리가 초등학생이었던 때처럼 돈과 시간 걱정을 안 하며 놀고 싶었다.

평소에도 그들과 옛날처럼 놀 수 있었으면….

LIPPO CENTRE

작가의 말

당신은 친구들과 여행을 떠나본 적이 있습니까?

사람들이 저에게 어떤 책을 가장 좋아하냐고 물으면 나는 '어린 왕자'를 가장 좋아한다고 합니다. 그럼 대부분 나에게 어린이도 아닌데 왜 좋아하냐고 묻더라고요. 저는 그럼 웃으면서 대답해요.

"그들은 서로를 사랑하니까요."

저는 여행을 다녀온 후에 '어린 왕자' 책을 다시 펼쳐봤어요. 책장을 조금 넘기니 장미들이 어린 왕자에 말을 하는 문구가 있더군요.

'그 장미가 너에게 소중한 이유는 너의 장미이기 때문이야.'

어린 왕자의 장미처럼, 저에게도 저의 친구들이 있습니다. 그래서 그들을 사랑하기도 하고, 그들을 위해 눈물을 훔치기도 합니다. 처음에는 항상 곁에 있던 사람들이라, 그들을 위해 눈물을 흘린다는 것이 이해를 못 했어요. 물론, 그런 상황을 상상도 하지 못했죠. 그들이 항상 제 곁에 있을 것이라고 믿었으니까요. 근데 시간이 지나고 서로 바빠 못 만나게 되면서, 저는 그들에게서 그리움을 느꼈습니다. 어린 왕자가 자신의 장미에 돌아가고 싶어 하듯, 저도 그들과 매일 만나고 싶었어요.

여행하면서 그런 것들을 가장 크게 느낀 것 같아요. 내가 느끼는 그들은 그저 나의 감정이기에, 그들이 아름답게 보인다는 것을요. 어린 왕자가 여우에게 들었던 말이 있어요. '가장 중요한 것은 보이지 않는다.'는 말이었죠. 저는 항상 눈에 보이는 것만 집착했어요. 친하다면서 왜 안 만나주냐고 투정을 부리기도 했고, 선물은 왜 안 받아준다고 화를 냈죠. 그렇게 친구들을 떠나보내기도 했어요. 지금 생각을 해보면, 참 어렸던 것 같아요. 중요한 것은 겉이 아니라 속이라는 것을 미처 몰랐던 것 같아요. 누군가를 이해하고 사랑하는 것은 마음으로 하는 행위라는 것을 잊고 있었나 봐요. 마치, 사막이 아름다운 이유가 오아시스를 숨기고 있다는 것을 믿고 있어서인 것처럼 말이죠. 우리가 친구들을 좋아하는 이유는 살면서 항상 그들을 생각하기 때문이에요. 소중한 이들을 매일 본다는 것보다, 매일 생각하고 그리워한다는 것이 중요한 것이죠.

요새 주변에 동생들이 저에게 친구들과 해외여행을 가면 어떻냐고 물어봐요. 저는 그때 어디를 가더라도 괜찮으니 한 번은 꼭 친구들과 해외여행을 가라고 해요. 그리고 덧붙여 그들의 소중함을 느낄 수 있는 계기가 될 수 있다고, 인생의 교훈을 얻을 기회가 될 수 있다고 말해줘요. 그렇다고 상세하게는 알려주지는 않아요. 그럼 재미가 없잖아요. 뭐든지 직접 느껴봐야 알게 되는 거잖아요. 이 글을 읽는 독자분들도 제 에세이를 읽고 '나도 느껴 봐야지'라는 생각은 하지 마세요. 그 교훈들은 여행이라서, 여행을 다녀왔기에 느낄 수 있는 것은 아니니까요. 옆에서 나를 지켜주는 이들이 주는 특별한 선물이니깐요.

여행으로 자신만의 감정을 느껴보세요. 여행을 마치는 날, 오직 당신에게 주는 선물을 받을 수 있을 것이에요.

The Fin.

이 이야기를 출판할 수 있도록 도와준 친구들에게 감사를 표합니다.

(친구들의 요청하에 친구들의 이름은 가명으로 작성되었습니다.)